ハヤカワ文庫JA

〈JA1310〉

赤いオーロラの街で

伊藤瑞彦

JN192017

早川書房

8111

赤いオーロラの街で

着陸態勢に入った機内の窓の外に、正方形の畑がパッチワークのように広がっている。

六月の北海道の、能天気なまでに澄みきった空。眼下をぼんやりと見ながら、香山秀行《かやまひでゆき》は数日前に木島《きじま》社長に言われたことを思い出していた。

「ちょっと知床行ってこいや」

目の前にいる、このあくが強くて強引な上司は、社長兼編集長。ＩＴと技術系のニュースサイト「ＴｅｃｈＶｉｓｉｏｎ《テックヴィジョン》」を六年前に立ち上げた人だ。自分はその会社で記事の編集や表示に使う、バックエンドのシステムを作る仕事をしている。

一応、会社の立ち上げ時からの社員だ。というか、他に社員はいなかった。Ｔｅｃｈ Ｖｉｓｉｏｎは今では結構な知名度があるサイトになっている。社長と二人で立ち上げたサイトがここまで大きく育ったことは感慨深い。

もっとも、記事の執筆はもっぱら社長が一人でこなしていた。自分はただの裏方だ。その仕事でさえ、最近ではポンコツ具合をひしひしと感じている。

社長の知り合いの中で、プログラムらしきものを書けたのが自分だけだったので、拾われた。それだけだ。

表面はともかく実際のソースコードはアマチュアに毛が生えた程度のもので、見る人が見ればすぐわかる。人に見せることもせずに一人で機能追加をし続けたこのシステムは、サイトのアクセス数の拡大とともに限界を迎えた。

業績は悪くなかったため、今年からプログラマーが数人、新しく雇われている。

人手が増えるのは普通ありがたいことなのだろう。でも、自分にとっては苦痛だった。

新しい社員は全員、有名ＩＴ企業を渡り歩いてきたバリバリの本職プログラマー。そんな猛者どもに作ったプログラムのソースコードを見せることは、精神的な拷問だった。

（うわ、なんだこのひどいコードは）

声に出しては言わない。でも、顔には出ていた。

「えーと、このブロックはこういう役割をしています。見ての通り、小汚いコードなので全部書き直していただいて全然構いません。むしろぜひお願いします」

年下の社員にまで、思わず必要以上に下手《したで》に出てしまう。

グローバル変数を使いまくりで、オブジェクト指向どころか関数すら本来使うべきところで使っていなかったりする、素人の作ったシステム。きっとセキュリティも、見る人が見たら穴だらけなのだろう。

それ以前に、最近のウェブサイトならいろいろなフレームワークを使ってもっと効率よく開発するのが本来当たり前のはずだ。

ＴｅｃｈＶｉｓｉｏｎのオープンから六年。日々のウェブサイトのメンテナンスで精一杯で、正しいコードや新しい技術を覚えている暇がなかった。

劣等感に悩む毎日。自宅で風呂に入っている時などに鬱々とし、思わず湯船に顔まで沈み込む。もうこの仕事は限界かもしれない。


「いやまあ、プログラムのことはよくわかんないけどよ」

最初に相談した時、木島社長はいまいちピンと来ていないようだった。アゴ鬚に手をあてて、首をかしげている。

「配置転換するほどのことか？」

「なんとかお願いします。どんな仕事でもいいので」

「自信ないのなあ、おまえ」

部屋から退出する時に、そう言われたことを覚えている。

独学、我流。それ自体はプログラマーにはたまにいるタイプかもしれない。ただ、自分には肝心の技術力がない。

プログラマー三十五歳定年説、などという言葉がある。最新の技術についていけなくなるのが大体その年齢らしい。普通はそれぐらいの年で管理職に転向することが多いようだ。自分はその年までまだ十年残っている。だが、子どものころからパソコンやプログラムに親しみ、息をするようにコードを書ける職業プログラマーたちを目の前で見ると、やっぱりこの仕事に向いていないよな、と思う。

もやもやしたまま一週間を過ごし、ようやく呼ばれたと思ったら、木島社長は配置転換のことなど聞いてもいないかのように、別な話をしてきた。いつもこうなんだ、この人は。

「北海道の知り合いからの頼みでな。テレワークって知ってるか？」

社長が三つ折りのパンフレットをひらひらさせている。

『『世界自然遺産知床《しれとこ》の玄関口、北海道道東、斜里町《しゃり》でリフレッシュしながらのびのび仕事をしてみませんか？』だそうだ。光ファイバーとテレビ会議システム完備。いわゆるリモートワーク、だな。うちの仕事には何の支障もない。宿泊設備もその建物の二階にちゃんとある。利用料金は無料。なんと飛行機代まで向こう持ちだ。社長でなければ俺が行きたいぐらいだよ」

まあ読んでみろ、と渡されたパンフレットを少しも読み進めない間に、勝手に話が進む。

「というわけで、面白そうだから行ってこいよ。これ業務命令」

「面白そうだから、って……」

「ほれ、チケット。お土産よろしくな」

……疲れているみたいだから少し休んでこい。そういうことなのだろう。

お暇を出された、という言葉には二つの意味がある。休暇か、クビか。これは前者なだけまだマシだろうか。

でも、休めば問題が解決するわけでもなんでもないのに——


ふと窓の外を見ると、さっきまで眼下にあった畑がもう真横に見えていた。

着陸と同時にエンジンが逆噴射をし、Gがかかる。やがて体にかかる圧力が消え、どことなく機内に安心感が立ち込めた。気の早い人がシートベルトを外し始める。

「みなさま、当機は女満別《めまんべつ》空港へ到着いたしました。ベルト着用のサインが消えるまでお座席に着いたままお待ちください。なお、計器の不具合により到着が遅れましたことを心よりお詫びいたします」

到着が遅れた？　機内モードにしてあった手元のスマートフォンで時間を確認すると、本来の時間より二十分以上も過ぎていた。あわてて荷物をおろして、狭い通路を出口へ急ぐ。

到着口を出ると、すぐに声を掛けられた。三十代前半ぐらいに見える、作業着姿の男性が会釈をして言う。

「ＴｅｃｈＶｉｓｉｏｎの香山さんですね。斜里町役場企画総務課課長の佐藤です。はじめまして」

名刺を交わした。担当者とは事前に電話で話しただけで、直接会うのは初めてだ。会社のＰＲ用ピンバッジをデイバッグに付けていたお陰で、向こうから気付いてくれたらしい。

手慣れた調子で荷物を引き受ける。

「北海道へはるばるようこそ。ここから斜里町へは車で約一時間です。ご案内しますので、まずは駐車場へどうぞ」

「出迎えまでしていただいてすみません。本当はレンタカーでも借りて一人で行くべきなのでしょうが」

「いえいえ。なんなら運転してみますか？　ドライブにはいいところですよ」

「あー、免許だけは持っているのですが、何年も運転していないペーパードライバーなので……」

「あはは、都会じゃ無理ないですよね」

斜里町には、刑務所で有名な網走市《あばしり》を経由して行くのだそうだ。

役場の公用車に乗って少し走ると、地平線まで見えるような広々とした景色が見えてきた。感動の径《みち》という、網走の高台を走る観光名所というか、ドライブルートだそうだ。

ポカンと浮いた雲。湿気が少ない風土のためか、畑だけでなく遠くの山までしっかり見える。都内では建物の間から毎日空を見ているので、この視界の広さには違和感すらあった。

「最短ルートではないのですけれど、せっかくなので眺めがいい道で行きますね」

やがて車は海沿いを走るようになり、しばらくすると右側に湖が見えてきた。

「小清水《こしみず》原生花園という、天然の花畑です。残念ながら花の盛りにはまだ少しだけ早いですがね」

湖畔では何頭かの放牧馬が草を食べたり、寝そべったりしていた。あれがいわゆる道産子《どさんこ》というやつなのだろうか。

「ここらへんはオホーツク海と濤沸湖《とうふつ》に挟まれた砂州が、長年かけて自然に花畑になったものでして……あ、そうだ。ちょっと上から見てみましょう」

佐藤課長がカーナビのスイッチを入れた。

「あれ、なんだこれ」

見てみると、地図上では車が海の上を走っていた。

「ええと、画面端にチラッとだけ見えるこの海と湖に挟まれた道路を本当は走っているわけです、が」

「位置が微妙にズレてるみたいですね。慣性航法装置だけで長時間測位し続けるとこうなると聞いたことがあります」

「慣性こうほう……？　なんですか？　それ」

「絶対値で現在位置座標を出すのではなくて、相対位置での測位です」

「ええと、つまり？」

ちょっと説明が分かりづらかったかな。

「今までの場所より何メーター東方向に移動したみたいだから、地図の中心点も何メーター東を中心にしよう、という感じで現在位置を推定するんです。ＧＰＳが使えないトンネル内でもカーナビが使える理由がそれです」

「はー、流石《さすが》は技術者さん！　すごい！」

「いや、そんな御大層なものではないですって」

ウェブプログラマーがカーナビの中身を知っているわけではない。数年前に中古車を買った時にカーナビも一緒に買うかどうか迷い、少し調べた時の知識だ。スマートフォンのナビアプリがあるのに、なんで未だに車載カーナビが売れるのかが不思議だったのだ。

スマートフォンの場合は慣性航法装置がついていない。そのため、トンネル内で位置を見失う。それぐらいしか目立った欠点は無かったので、結局カーナビは付けなかった。それどころか車も、結局都心で運転する機会があまりなく、大して乗りもしないうちに売ってしまった。

それにしてもなぜ慣性航法だけで測位しているのだろう。こんな広々とした場所でGPSが利かないとも思えない。

自分のスマートフォンでマップアプリを出して調べてみようかと思ったが、佐藤課長はこの件にはあまり興味がないらしかった。

「あ、向こうに見えるのが斜里岳、日本百名山のひとつです」

佐藤課長はその後も、今、路肩にキタキツネがいましたよ、とか、ここは廃校を活用したせんべい工場なんです、などといろいろと教えてくれる。純粋な観光で来ているのであれば大層ありがたい話だと思うのだが、なにしろあまり気乗りしていないので、どうしてもぼんやりと聞き流してしまう。

車はやがて斜里町の市街地に入った。人口約一万三千人の小さな町だ。

中心部を少し上がった高台に、これから一週間の仕事場である、知床テレワークスペースがあった。元法務局の建物を改装したもので、一階が仕事場、二階が宿泊できるスペースになっていた。

無線LAN完備で、パソコンは持ち込んだものを使える。これなら確かに仕事には何の支障もない。

荷物を置いた後も、佐藤課長が斜里町内の観光名所にいくつか連れて行ってくれた。町内といっても知床半島の先端までが含まれる、東京二十三区がすっぽり入る面積を持つ広大な町だ。市街地近郊の名所をいくつか回っているだけで、気付けば夕暮れになっていた。

特に、知床連山の麓の高台にある展望台から見る夕焼けは圧巻だった。周りが畑と防風林、海しか無いため、直線道路がそのまま地平線まで続いている。天に続く道と呼ばれているそうだ。

夜にはテレワークスペースのボランティアスタッフたちが歓迎会を開いてくれた。港町らしい海鮮たっぷりの鍋と、ジンギスカン。その他いろいろ。

「うまいっしょ。このサクラマスは俺が今朝獲ってきたやつなんだよ」

漁師の赤井さんに、大きな声で肩を叩かれた。

五十代前半ぐらいだろうか。ねじりはちまきがよく似合いそうな小柄でがっちりした体型の、いかにも海の男という感じの人だ。漁師と聞くとなんとなく無愛想という妙な先入観があったが、この赤井さんは見た目の無骨さに反して、とてもサービス精神が旺盛な人だった。あれやこれやと食べ物や飲み物を勧めてくる。

知床テレワークスペースは、設備は役場のものだが、運営のかなりの部分を民間ボランティアスタッフが行っているのだそうだ。宿の主人、眼鏡屋さん、花屋さん、農家さん、役場職員などの実に様々なメンバーで構成されている。越川さんという、宿の主人をしている年配の女性が代表を務めている。気さくな人ばかりで、あっという間に宴席の時間は過ぎていった。

話しやすい雰囲気に乗り、疑問を率直に聞いてみることにした。

「変な言い方ですけど、なんでここまでやってくれるんですか？　旅費までそちら持ちで」

「え？　うーん……」

越川さんは即答しなかった。赤井さんが先回りして言う。

「まあ昔から移住で開拓されてきた土地だしねえ。外から来る人を歓迎することは、北海道民の本能みたいなものだよ」

越川さんは少し考えてから話し始めた。

「……知床って知名度は高くて観光客は多いし、私はいいところだと思うのだけど、人口はやっぱりご多分に漏れず減ってるのね。なかなか移住まではいかないみたいで」

佐藤課長がフォローをするように言った。

「テレワーク事業は、ＩＴを使えばどこでも仕事ができるよってことを証明する、実証実験プロジェクトなんですよ。だから、町や国の予算が付いてるわけです」

越川さんが宴会の参加者を見回して、言う。

「こんな田舎町だから、ＩＴがわかる人ってあまりいなくて。ＩＴ企業の方が来られることで、町の人たちにもいい影響があるだろうと思って。今年来られた他社の方にセミナーをやってもらったりしてるんですよ」

越川さんが、以前行われた時の写真を見せてくれた。

世界最大手のサーチエンジン会社の社員が、プロジェクターを前に自社サービスについて説明している。受講しているのは地元の企業関係者のようだ。こんな大手の人が来て、セミナーまでやっていたのか。

「今回、香山さんにもやってもらえたらと思って、そちらの木島社長に一回お願いしたんですけどね」

「私に⁉」

予想外すぎて声のトーンを上げてしまった。

「あら、知らなかったんですか」

「いや、僕には、話せるような立派なことは……」

この一介のウェブプログラマーにみんなの前で何を話せと。

「またまた〜、ＩＴ企業の社員さんなんて、すごいじゃないですか」

「エリートですよね、どう見ても」

周りの人がやいのやいのと声を掛ける。持ち上げているつもりなんだろうけど、なんだかいたたまれない気持ちになってきた。自分は仕事に疲れてここまでやってきただけの小市民です。エリートでもなんでもありません……。

「結局そちらの木島社長から、今回行く社員は営業担当じゃないからそういうセミナーとかは無しでお願いできますか、と言われましたよ」

今日初めて、社長に感謝した。

「で、どうです？　現場を見てみて」

越川さんがこちらの様子をうかがうような目で言った。

「ええ、光回線があるから仕事環境は申し分ないですし、仕事場の二階にそのまま泊まれることも助かります。歩いて行ける距離にスーパーもコンビニもあったのは意外でした。仕事は何の問題もなさそうですね」

「熊が街なかを歩き回ってるような場所を想像してたんじゃないか？」

赤井さんが、壁に飾ってあるヒグマの写真を指差して言った。

「見に行くかい？　熊」

赤井さんは知床半島の先端に近い、世界自然遺産の区域内のルシャという地区で漁をしている。そこでは漁師番屋の側に、毎日のようにヒグマが出るのだそうだ。

「海岸のゴミ拾いをしてくれるなら、漁師の手伝いって扱いで連れて行けるよ」

「いいんですか?」

まあ、見たい、見たくないで言えば、見てみたい。今回の知床行きは半分休暇みたいなものなので、一週間の滞在期間の割には仕事のノルマは少ない。スケジュール的にはなんとかなる。

「あ、それ、私も行きたい!」

よく通る声がした。宴席の端で女性が立ち上がり、わかった問題を先生に答えようとアピールする小学生みたいに、はいはい! と何度も手を上に伸ばしていた。だけどその元気な動作の割に子供っぽい感じがあまりしないのは、背が高いスラリとしたスタイルのせいだろうか。

見た限り、年齢もたぶん自分より少し年上だろう。意志の強さを感じさせる目と、後ろで結んだ長い髪が印象的だ。地元の人って感じではないな、となんとなく思う。

「ああ、はるかちゃんもヒグマを撮りたいって前から言ってたもんな。いいよ。一緒に乗ってきな」

「やった! 赤井さん、ありがとう!」

あっさりOKが出て、はるかと呼ばれたその女性は片手で軽くガッツポーズをした。

「よし、それじゃあ行くよ」

赤井さんが腰を上げながら言った。

「え！　これからですか？」

まさか即日、今からとは思わなかった。もう時間は夜十一時を回っている。

「漁は朝からだからね」

よく見ると赤井さんの手元には烏龍茶があった。彼にとってはこれからが仕事時間なのだ。

知床半島の先端方向に向かって、赤井さんのピックアップトラックが海沿いを走る。夜の海は暗くてほとんど見えないけれど、少し開いたドアガラスから潮の香りがした。

「関さんは、本職のカメラマンなんですか」

同行することになったこの女性の名前は、関はるか。北海道にはバイクでやって来たのだそうだ。

「正確には、今は違うかな。前は社カメをしてたんだけどね」

「しゃかめ？」

「ああ、ごめん。社内のカメラマン、社員として雇われた専属カメラマンのこと。私、一年ちょっと前まで旅行雑誌を出す会社で働いてたんだ。今はフリーとしての独立前の、撮り溜め中。自分用の機材を買い揃えたら、貯金もほとんど無くなっちゃってさあ。仕方がないからいろんなところで短期バイトしながら、撮影旅行してるってわけ」

「すごいよな、行動力が。若いのに」

赤井さんが言う。

「若いって、香山くんのほうが年下だし」

「俺に比べれば全然若いさ」

聞いていて耳が痛い。若いことがすごいのではなく、やりたいことを見つけて迷わず行動できることがすごい。そう思う。周りの人を見るたびに、自分だけがふわふわと漂っているような気持ちになる。

ルシャへの道のりは、一時間ほどは普通の道路だった。だが、知床大橋という橋を越えたところにある、鍵がかかったゲートを過ぎてからは道がひどくなった。

知床は世界自然遺産だけあって、半島の先端部分には観光客が入れない手付かずの原生林が広がっている。

狭く曲がりくねった砂利道をひたすら走り続ける。オフロード車でないと、走ることすら困難であろう道だ。結構なスピードで走って行く車の先に、ときおりヘッドライトに照らされて慌てて逃げるエゾシカが見えた。

悪路を一時間以上も揺さぶられ続けた末に、ようやくルシャの番屋に着いた。

車を降りると、波の音が聞こえる。

意外なことに、番屋の入り口には明かりが灯っていた。

「誰かいるんですか？」

「海明けのあとはいつも誰かはいるよ。十五人でやってる漁場だから。二階で寝てるやつもいるから、静かにね」

赤井さんが中に入って部屋の電気を点けた。

天井には漁師合羽や手袋がたくさん干してあり、部屋の中央には玉子型の薪ストーブがあった。時期が時期だけに、もう火は焚いていないようだ。

「すごいすごい。こんな感じなんだ」

関さんがうれしそうに室内の写真を撮りまくっている。

「こんな山奥でも、電気が使えるんですね」

「ここは自家発電。水道も川から引いてるよ」

赤井さんに案内されて近くの小屋の中を見てみると、部屋いっぱいの大きな自家発電機が設置されていた。

「俺らはこれから仕事だけど、船にも乗ってみるかい？」

「乗る！」

関さんが即答する。

「こ、これからですか⁉」

もう深夜二時を軽く超えている。生活ペースが全然違う。

「でも香山くん、今、眠い？　私は車で揺さぶられすぎて目が冴えちゃったな」

言われてみれば、この時間にしては眠くない。少し悩んだが、一人ここで寝るのも寂しいので、同行することにした。


貸してもらったライフジャケットを羽織り、仕事で起きてきた十人ぐらいの漁師さんと一緒に船に乗り移る。

「足元に気をつけなよ」

「え、わっ！」

赤井さんの注意とほぼ同時に、盛大に転んでしまった。漁船の甲板は暗くて滑る。

漁船はそれほど走らずに、陸が十分見えるところで止まった。定置網なので遠洋に行くわけではないそうだ。

これから網起こしという、仕掛けた網から魚を獲る作業をするとのこと。今の時期はサクラマスが獲れるそうだ。

見ていると、船べりのギリギリに整列して手で網を引いていたり、大きなウインチのそばで作業をしていたりと、結構危ない仕事だ。

しばらく総力で網を引いていると、水面がにわかに湧き立ち、魚の跳ねる音が盛大に聞こえてきた。

船上にある小さなクレーンとウインチ、そして人の力で魚は網ごと船上に持ち上げられた。網の中で跳ね回る大量の魚が、船底の魚倉にどんどん吸い込まれていく。ド迫力の光景だ。関さんは興味深そうに漁の様子を写真で撮っていた。

一通り獲り終えると、今日の波の穏やかさもあって急に静かになった。漁師の人たちもひと仕事終わってからはあまりしゃべらない。

周りが静かになると、いまさらのように急速に酔ってきた。酒と車と船という、酔うもの三連コンボなので、無理もないと思う。結局一回海に吐き、その後は少し楽になった。

「走ってるときより一ヵ所に留まっているときのほうが実は酔うんだよな。まあ、そのあたりで少し寝っ転がってな」

赤井さんに言われた。寝転がれと言われても、漁船の場合、海と船を隔てる立派な柵があるわけでもない。熟睡したまま、寝相の悪さがたたって夜の海に転落、なんてことになったらシャレにならない。

船の後ろの部分には少し海との段差があり、漁の邪魔にもならなそうだった。ここで背中を船に預けて少し休ませてもらうことにする。

今日は、本当に長い一日だ。まさか漁船の上で夜を迎えるとは。朝、東京にいた時には考えもしなかった場所に、今はいる。

空を見て、思わず声を出した。

夜空いっぱいの星。そこまでは想像していたが、まさか肉眼で天の川まではっきり見えるとは思わなかった。空気が澄んでいるのか、人工の光がないためなのか。とにかく都会ではまずありえない光景に圧倒される。

ときおり視界に横切る流れ星を見ながら、気がつくと眠ってしまっていた。


視界が、ぼんやりと赤い。

いつの間にか熟睡してしまったらしい。虚ろな意識のまま、目をうっすら開けると、少し前とは周囲の様子が一変していた。

夜空のすべてが赤く染まっている。さっきまで足元すら見づらかった自分の周りが、本でも読めそうなぐらいの明るさになっていた。

「……？」

ゆっくりと身を起こすと、赤井さんを含めた甲板の漁師さんたちが全員、黙って夜空を見上げていた。

奇妙な静寂の中、関さんのカメラのシャッター音だけが響いている。

「なんですか？　この空」

近くに行って、聞いてみる。

「わからん」

赤井さんは魅入られたように空を見つめながら、つぶやいた。

「三十年以上漁師をやっているけど、こんなのは初めてだ」

夜空の黒と赤が混ざり、真紅と呼んでいいような色になっている。

岸の方を見ると、山の向こうまで赤く染まっていた。

「山火事なんじゃないですか」

「違うと思うよ」

ファインダーを覗いたまま、関さんが言った。

「大体三十分ぐらい前から、北の方角から赤くなりはじめて、あっという間にこんな感じになったの」

北の方角をよく見ると、水平線付近が少し緑がかって見えた。一見、赤一色の北側の夜空の一部は、よく見ると縞状にぼんやりと白い。揺らいでいるようにも見える。

「……オーロラ？」

思わず呟いて、違うか、と思い直した。アラスカじゃあるまいし、北海道で、しかも六月のこの季節にオーロラなんて、あり得ないだろう。

「オーロラってもっと七色に輝くカーテンみたいなやつじゃないの」

赤井さんにも言われた。

「ですね。でもじゃあこれ、なんですか」

「わからないけど、きれいだよね」

関さんが、撮影しながら言った。その横顔と真剣な目が、赤い光に照らされていた。

不思議な赤い空は、やがて東から昇ってきた朝日の強い光にかき消されるように消えていった。


朝日の中、船は再び走り出して、やがてウトロの漁港が近づいてきた。

ウトロは昨日、深夜に車でルシャに行くときにも通った、斜里の市街地よりも知床半島側に近い地区だ。知床に観光目的で来る人はむしろこちらに泊まる人が多いそうだ。

船からあらためて見てみると、山沿いにホテルのシルエットがいくつか見えた。

漁港に着き、作業の邪魔になるのも嫌だったので、ふたりとも早々に船から降りる。

漁船についている小型のクレーンで、船底に貯まった魚を大きな網ごと吊り上げていた。フォークリフトが運んできた、中型の青いコンテナに移し替えられていく。分け前を狙う海鳥の声が騒がしい。

作業はまだまだ続くようだ。時間潰しにスマートフォンでも見ていようかと思ったが、ネットには繋がらなかった。ここもルシャと同じく、地の果てみたいなところなのだろうか。

結局関さんと二人で、徒歩で行ける範囲のウトロの観光名所に行くことにした。

「今、ウトロは停電中らしいから、車に気をつけてな。まあこんな早朝だし、車なんてほとんど走ってないだろうけど」

赤井さんが、笑って言う。

「停電？　そうなんですか？」

初耳だ。ひょっとしてさっき携帯が繋がらなかったのも、そのせいなのだろうか。

「あ、香山くん、あれ」

関さんが指差した先に、信号があった。青・黄・赤、すべてのライトが消えている。

「水揚げ作業に影響はないんですか？」

あまりにも普通に作業をしているので、聞いてみた。

「もともとウトロ地区じゃあ停電は珍しくないんだよ。吹雪や嵐の予報の前の日なんて、電気業者があらかじめ泊まり込みで待機してるぐらいでね。斜里町本町からのルートが海沿いの一本道しかなくて、通行止めになったらアウトだから。大きなホテルとかは自家発電でしのげるようになってるよ」

水揚げ作業は、船についているクレーンを使っているし、フォークリフトだって電気で動いているわけじゃないので、なるほど、問題ないわけか。

「それにしても停電って、いつの間にあったんでしょうね」

近くにある巨岩、オロンコ岩から見下ろしたウトロ市街地には、確かに明かりが見当たらない。

「まあ、どこかに雷でも落ちたんじゃない？　たぶん」

関さんはそう言うが、なんとなく腑に落ちなかった。昨夜は空が赤くなった時以外、一面の星空だったのに？


オロンコ岩から降りて漁港に行った頃には赤井さんの作業は終わっていて、そのまま漁船でルシャに戻った。

その後、赤井さんが近くの川にいるヒグマのところまで案内してくれた。関さんは、目を輝かせて写真を撮りまくっている。しまいには車を降りて撮影に行こうとしたので、流石に止めた。

ただ、きっと車を降りてもヒグマは気にもせずに、目の前のサクラマスに夢中だろう。そんな気がする。人間もヒグマも、お互いに危害を加えないという前提というか、領分が成り立っているように見えた。

それぞれが自然の中で自活する場所。それがルシャなのだろう。

「おお？　なんだ、こりゃ」

ルシャからの帰り。二時間走って斜里の市街地に入る直前で、赤井さんが車を停めた。

視線の先に、焼け焦げた変電所があった。

どうやら火事があったらしい。消火活動はもうとっくに終わったのか煙すら出ておらず、周囲に野次馬は誰もいなかった。

「ウトロの停電って、これのせいだったのかな」

車から降りた関さんが言った。

立入禁止と書かれたフェンスの中に、作業服を着た人が二人見えた。電力会社の職員だろうか。

関さんが大きな声で呼びかけたところ、作業員の一人がフェンスの近くにやってきた。

「停電の件ですか？　すみませんが、まだしばらく復旧の見通しは立ってないです」

ああ、やっぱり停電はここのせいか。この分じゃあ、市街地も駄目っぽい。

「いや、そうじゃなくて。この火事って、いつあったのでしょうか」

「消防車のサイレンの音、聞こえませんでしたか？」

不思議そうな顔で聞かれた。どうも昨日の夜に、結構な騒ぎがあったらしい。

「今、ウトロから戻ってきたばかりなもので」

「ああ……昨日の深夜、町内の各所でいきなり煙が上がったんです。停電のせいで水も出なくなっちゃったので、もう燃えるがままになってしまって」

「なんで水が？」

「停電になると水道局の給水ポンプが動かなくて、水道も止まってしまいますから」

「そりゃあ大変だ……」

「各所って、他にも火事が？」

関さんが聞いた。

「それが、全部変電関係なんです。工場の高圧設備とか、メガソーラーの制御盤とか、そういうものばかりが」

作業員が首をひねりながら言う。

フェンスの中の設備をあらためてよく見ると、どうやっても燃えなさそうな金属製の機械が完全に黒焦げになっている。

「なんか火事っていうより、爆発したみたいにも見えますね」

「お？　同時多発テロ？」

自分の感想に、赤井さんが野次馬っぽい口調で返した。

「テロって……こんなところで？」

そう言ってあたりを見回す関さんの視線の先には、快晴の知床連山と、地平線まで広がるようなのどかな畑があった。

「誰か得する？　そんなことやって」

関さんが振り返り、そう言った。

確かに、こんな田舎の変電所でテロ活動をする人もいないだろう。

畑の中には、高圧電線の鉄塔が連なっていた。発電所から変電所まで、こういう鉄塔で電気を届けているのだろう。

だが上をよく見ると、鉄塔と鉄塔を結んでいるはずの高圧電線が切れて、垂れ下がってしまっていた。あんな高さまで炎が上がったのだろうか。

パッと見では簡単には直らなそうだ。でも、こういう時の復旧が驚くほど早いのもよくある話だ。

もし停電が長引けば、テレワークじゃなくて単なる休暇になってしまうかもしれないな、と思った。

赤井さんにお願いして、スーパーの前で降ろしてもらった。ここからなら歩いてでもテレワークスペースに戻れる距離だ。

どうやら停電でも営業しているようだ。

入ってみて、店内の暗さに驚いた。コンビニなどもそうだが、普段いかに店内が明るく照らされているのか、消えて初めてよくわかる。出入り口にしか自然光がないから、普通の家よりも遥かに暗く感じるのだろう。

明日の朝食用のパンを買おうとして入ったこの店は、案外混んでいた。レジは電卓と紙で処理しているようだ。慣れないやり方で、店員さんも大変だろう。

加工食品の棚はいつもとあまり変わらない。しかし、生鮮食料品や冷凍食品のコーナーに行くとやはり停電の影響があった。

全商品が半額以下で投げ売りされている。

知床産の新鮮な海の幸が安く手に入るかも、という期待を実はしていた。だが、産地を見ると案外地元産は少ない。アメリカ産の牛肉、チリ産の鮭、クック諸島産の鯛、などど。鮭はここが本場みたいなものだと思っていたので、スーパーで地元産が売られていないのは少し驚いた。

懐中電灯を買おうと思い、隣接するホームセンターにも入った。

スマートフォンの懐中電灯アプリでもライト代わりにはなるけど、このまま停電が続くと早晩使えなくなってしまいそうだ。

品数はかなり減っていたものの、なんとかＬＥＤのポータブルライトが残っていた。ただ、予備の電池も買おうと思ってレジ横の電池コーナーを見ると、単一、単二、単三の電池はすべて売り切れだった。ライトに付属していた電池でしばらく持たせるしかないようだ。

レジに行くと、店員と客がなにやら話し込んでいる。レジ待ちの間、聞くとはなしに聞いてしまう。どうやらラジオの返品をしたいらしい。

「ほら、聴いてみてくださいよ。何も聴こえないから」

ラジオのスイッチを入れてボリュームを上げて、ダイヤルを回していろいろな局を探している。

確かに、スピーカーからはかすかなノイズが聴こえるだけで、まったく反応がない。

「申し訳ありません。不良品のようですね。交換いたしますのでお待ち下さい」

と、店員が棚から同型のラジオを持ってきていた。

テレワークスペースに歩いて帰ろうと、スマートフォンで地図アプリを出して場所を検索しようとしたところ、画面にぼやけた地図の画像が出て、現在地のアイコンには「？」マークがついていた。

ウトロやルシャならともかく、こんな市街地で携帯が使えない？　これも停電のせいなのだろうか。

そこで少し、気になった。よく見ると携帯のアンテナマークは圏外になっていない。それどころかLTE、高速通信が可能なマークになっている。

ひょっとしたら携帯の基地局には自家発電設備があるのかもしれない。そう思い、試しに役場の佐藤課長に電話を掛けてみたが、やはりうんともすんとも言わなかった。

しかし表示を見ている限り、携帯は停電の影響を受けていないように思える。これで通話もできなくて地図も出ないというのはどうにもおかしい。それと、現在地が見つからないというのも変な話だ。ＧＰＳは通信というよりも、複数の衛星から一方的に位置情報を受信して三角測量的に現在地を割り出す仕組みだ。ネットワーク通信は使わないので、本来停電の影響は出ない。

地図データは出ないとしても屋外なら現在地座標は出るはずなのに、なぜ？　設定を間違えたかな、などとしばらくスマートフォンをいじっていたが、結局諦めた。

あたりの人に道を訪ねながら、テレワークスペースを目指して歩いて行く。

空は今日も快晴。夜に見た不気味な赤い空が幻だったかのように思える晴天だ。街をただ歩いている限りでは、停電があろうがなかろうがあまり普段と変わらないように見える。信号機が消灯していることぐらいしか、変わったところがない。

街の中心部が近くなると、主要な交差点には警官が立って交通誘導をしていた。警官がいない交差点でも自主的にお互い一時停止して、お先にどうぞ、とやったりしている。そこまで大きな混乱はないようだ。交通量が少ない田舎ならでは、か。東京でこんなことになったら大変だ。

三十分ほど歩いてテレワークスペースに着き、貸してもらっている鍵で中に入った。とりあえず固定電話で役場に電話をしようとしたが、これもまったく使えなかった。昔の電話なら停電でも使えたが、ここは固定回線もＩＰ電話、インターネットを使った通話になっているらしい。

通信ができないと職場のネットワークに繋ぐこともできないので、手元のパソコンでやれる仕事はほとんどない。

何もできることがない。広い仕事場に一人。

一階のオフィスにあった棚から、知床のパンフレットを見つけた。「シリエトク　大地の果て」と書いてある。

読んでいると「オーロラ」という文字が目に止まった。

知床では昭和三十三年に本当にオーロラが観測されたらしい。数年前までは「オーロラファンタジー」という当時のオーロラを再現したライトアップイベントをやっていたのだそうだ。

……北海道でオーロラ。確かに、イメージ的には見えても不思議ではないように思える。過去のオーロラは何月に起きたのだろう。少なくとも六月ではないような気がする。イメージ的にはやっぱり、冬だ。

しばらく待ってみたが停電が回復する様子は無かったので、現状を聞きに役場の佐藤課長を訪ねることにした。

徒歩十分の距離にある斜里町役場は、かなり年季の入った建物だった。薄暗いロビーにはかなりの人がいて、窓口は問い合わせ客で混雑している。

自分の担当者の企画総務課の佐藤さんは、受付の担当ではないようだ。奥の机で地図を広げて忙しそうに同僚と話をしていた。

「佐藤さん、少しいいですか」

「ああ、昨日はどうも。すみませんバタバタしてて。あー、停電の件ですよね」

「ええ、まあ。……大変そうですね」

「みんな苦情を言おうにも、停電の影響で電力会社の支店や営業所に電話もできない。だからせめて状況の把握をしようと役場に集まってきちゃって、もう対応が大変で」

「そちらでは電力会社とは連絡は取れたんですか？」

「この町にも小さな営業所だけはあるので、そこまでなら。なにしろ電話が全面的に不通なもので、なかなかそこから先に連絡が取れなくて」

どれぐらい長引きそうですかね、と聞こうかと思っていたのだが、この感じではまだ何もわからないということだろう。

「すみませんが、スタッフの越川さんのところに行ってもらっていいですか」

忙しそうなところを邪魔してしまったようで、こちらこそ申し訳ない気持ちになった。


テレワークスペースのボランティアスタッフ代表である越川さんは、地元で長くやっているペンション「しれとこびと」のオーナーでもある。

しれとこびとは「街の山小屋」をコンセプトに約四十年前に建てられた雰囲気の良いペンションで、一階はレストランになっていた。昨夜ごちそうになった道産食材の料理は、ここで作ってくれたものらしい。

丸太作りのカウンター席に座り、越川さんに声をかけた。

「こんにちは。食事とかって、停電でも大丈夫ですか？」

「あら、いらっしゃいませ。うちは見ての通り、オール電化ってわけじゃないですから、火は大丈夫。ジンギスカンとかに使うポータブルガスコンロもありますよ」

「おお、流石は北海道」

「ただ、今は断水中でしょう？　さっきお客さんが来運《らいうん》っていう湧き水のある場所から水を汲んできてくれたから、コーヒーぐらいなら出せるのだけど、洗い物が厳しいのよね」

「ですよね。すみません、無理は言いませんよ」

「せっかくはるばる知床まで来ていただいたのに、ごめんなさいねえ。あ、そうだ。お詫びにというわけじゃないけど、先ほど牛屋さんのお客さんからしぼりたての牛乳をもらったので、紙コップでよければ、どうぞ。冷蔵庫が使えないから早く飲まないとね」

「いえいえ、そちらのせいってわけじゃないのですから。牛乳、いただきます」

いつも飲むそれよりも格段に濃くて美味しい牛乳に驚きながら、役場に行った時にロビーに作業着姿の人が目立っていたことを思い出す。

あれは酪農家の人だったのかも。考えてみれば搾《さく》乳器も最近は電動か。おそらく今日は手で搾乳したのだろう。

テーブルの上に新聞があったので、手に取る。

「あ、ごめんなさい、それは昨日の新聞。今日はまだ届いてないんですよ」

カウンターの奥にある調理場から戻ってきた越川さんが言う。

「あ、そうですか。これも停電のせいなんですかね」

オーロラのことが載っていないかと期待したのだが、それ以前の問題だった。あれを見たのは今日の深夜だから、そもそも今朝の新聞には載せられないか。

越川さんに、夜に見たオーロラの件を聞いてみる。やっぱり北海道でオーロラは、日常的には見えないものらしい。実際、自分の目で見たものなのに、どうにも現実感がない。

入り口のドアについているカウベルがカランカランと鳴り、野菜などが入った段ボール箱を抱えた関さんが入ってきた。

「ああ、お疲れさま。そこに置いといてね」

越川さんが言う。ここで働いているとは知らなかった。

「冷凍品が溶けちゃうからって、投げ売りしてましたよ」

箱を床に下ろしながら、越川さんに言う。どうやら買い出しに行っていたらしい。昨日からほとんど寝てないはずなのに、タフな人だ。

「あら、本当。安かったならそれも頼めば良かったわ」

「でもここも停電だし、あんまり買っても腐らせちゃうかも」

「それもそうね」

越川さんがコーヒーを淹れながら言った。

「お、香山くん。久しぶり！」

カウンターの向こうに来て、席にいる自分にやっと気付いた。

「いや、さっき解散したばかりでしょ。それにしてもよく会いますね」

「そうだねえ。……あ、そうだ。今日のオーロラの写真、見ない？」

彼女はそう言ってカウンターの奥に引っ込み、程なくして戻ってきた。手には、カメラがある。電源を入れ、操作して背面の液晶パネルに画像を表示させると、直接それを見せてくれた。

そこには驚くほど鮮明な星空が捉えられていた。直接体験した記憶の上では、ここまで綺麗には見えなかった気がする。カメラの目は人間の目を超えているのだなあ、などと妙なところで感心してしまう。

昨日の宴会の写真、番屋の写真、星空の写真、漁の写真……最初から順に何枚か見ていくと、最後の数枚にはあの真っ赤な空が映っていた。

「本当は印刷したいんだけど、プリンターが使えなくてさ」

あ、そうか。停電で。ということは、この一眼レフデジカメだって、今使っているバッテリーが切れたら使い物にならないじゃないか。貴重な残充電を使わせてしまった。

夕方になり、外も少しずつ暗くなってきた。越川さんがテーブルにキャンドルを用意する。山小屋っぽいこの店の雰囲気にはとてもしっくりきた。

「それにしてもこの停電ってどのぐらいの範囲なんでしょうね。二人は今日テレビって見ました？」

言ってから、しまったと思う。停電なのにテレビも何もないもんだ。

「私は、朝から店に居ますからねえ。ここにはテレビは無いですし」

「あ、えーと……家のテレビは無理として、例えばワンセグとかどうです？」

ワンセグはパケット通信ではなく直接地デジの電波を受信する。携帯が圏外でもワンセグは使えるはずだ。ただ、自分のスマートフォンは海外製のため、ワンセグは付いていなかった。

「私のスマホ、iPhoneだから、ワンセグは確か見られなかったような」

「そういう機能はよくわからないわねえ。使えるのかしら」

越川さんの携帯電話を貸してもらいワンセグを起動してみたが、どの局も入らなかった。

「このあたりってワンセグの映り、悪いんだよね。外に行って見たほうがいいかもよ」

関さんが言う。

「じゃあ、フルセグは？　カーナビによく付いてる、車載テレビ」

「ああ、それなら確かあったような。使ったことはないですけど。ちょっと見てみましょうか」

越川さんは外に行き、店の駐車場に停まっている車に乗り込んだ。自分も助手席に乗り、越川さんに代わって車載テレビの操作をしてみる。

しかし、どのチャンネルに変えても青い画面に「NO　SIGNAL」の表示だけが映った。普段は使っていないということなので、アンテナがおかしいだけなのか、それとも停電の影響なのか、いまいちはっきりしない。

結局あきらめて店に戻ってきた。

「近くのテレビ局って、どこなんですか？」

「北見のNHKだと思うよ。近くっていっても八十キロぐらい離れてるけど。他の民放は全部札幌かな、たぶん」

関さんが言った。

この町の変電所が壊れたからって、八十キロ先の放送局が停電になるとは思えない。

「車のアンテナの不具合ですよ、きっと。テレビ局まで停電ってことはないでしょう。もし停電になったって、非常用電源だってあるだろうし」

「うーん……あー、そうだ。ちょっと待っててくださいね」

越川さんが店の奥に引っ込み、しばらくしてから大きなラジカセを持ってきた。長方形のシルエットをした、古めかしいものだ。一緒に持ってきた新品の単一電池を入れながら、言う。

「ラジオはどうかしら」

「ああ、なるほど。それにしてもえらくゴツいラジカセですね」

「亡くなったうちの主人が使っていたものなの。これがあれば世界中の放送が聴けるんだぞ、って言ってましたし、これなら使えませんか」

操作、お願いできますか？　と言われ、触ってみることにした。

ＦＭはまあわかるとして、ＭＷとＳＷというのは何のことだろう。とりあえず片方はＡ

Mってことでいいのだろうか。まあどちらにせよ自分は地元のラジオ周波数は知らないので、ボリュームとダイヤルを回しながらしらみつぶしに局を探してみるしかない。

とりあえずわかりやすいFMから試してみる。ダイヤルを回しても音が全然聴こえないので、途中から徐々にボリュームを上げてみたが、ノイズすらほとんど聴こえなかった。

今度は「MW」に切り替える。さっきよりは細かい雑音が増したような気がする。だが、やっぱり音が入らない。

年季物すぎて壊れているのではないか、と思いながら最後の「SW」にスイッチを切り替えた。途端、スピーカーから大きな雑音が出て、慌ててボリュームを下げる。

「少なくともスピーカーは死んでないですね」

ゆっくりダイヤルを回しながら局を探ってみると、たまにロシア語や韓国語っぽい言葉が聴こえる。そのままダイヤルを回して日本語の局を探っていった。

「あ、今日本語が聴こえなかった？」

「え、そうですか？」

関さんが指摘したあたりの周波数を中心に、慎重にラジオのダイヤルを微調整する。雑音だらけで非常に聴き取りづらい。

「…内のJ…、私鉄……」

「ほら、やっぱり」

「どの局だろう」

「…線の運転再…のめどは立っ…いません。こち…は…HKワールド・ラ…オ日本です。渋谷のN…K放送…ンターより臨時…ュースをお伝えしています。本日短波…送の受信が不安定な時…がありました。…在は回復しております」

さらにダイヤルを微調整したところ、雑音まじりながらもなんとか聴こえるようになった。

「現在稼働中の川内原子力発電所は非常用電源に切り替わり、現在は運転を停止していま す。その他、国内の運転停止中の原子力発電所に確認したところ、現在わかっている限り、福島第一、福島第二、東海第二、柏崎刈羽、浜岡の各原子力発電所は正常に停止しているとのことです。詳しい情報が入り次第、随時お伝えします」

「川内って、九州の?」

関さんが言った。大きな地震でもあったのだろうか。

「現在ほぼすべての信号が停止しています。運転をされているかた、交通誘導員がいない交差点では必ず一時停止をして左右を確認した上で、低速で通行してください」

ほぼすべての、ってどこのことなのだろう。地震の影響なら九州のことだろうけど、今ここだって信号なら停止しているわけで。

「それでは、本日午前十時に開かれた官房長官会見をお聞きください」

アナウンサーの声に代わり、ざわめきやシャッター音などが聴こえる。やがて、テレビでたまに見る官房長官の声が聴こえてきた。

「本日未明より全国的な停電が発生している件について、すでに報道などで知っておられる方も多いと思いますが、あらためて説明させていただきます」

「全国？」

越川さんが小さな声で言った。

せいぜいこの辺の数市町村が停電になっているだけだと思っていたのだが、どうも考えていたよりも大変なことになっているようだ。

だが、ラジオから聴こえた次の言葉は、さらに予想外なものだった。

「本日の午前二時三十四分、太陽嵐にともなう大規模なコロナ質量放出が地球に到達したと、ＮＩＣＴ、情報通信研究機構の宇宙天気情報センターから報告がありました。これは観測史上最大の太陽嵐で、昨晩起こった全国の変電設備の火災はそれに伴う誘導電流の影響です。政府で把握している限り、変電所の火災と停電は全国すべての地域で発生しています」

「復旧の見込みについてはどうなんでしょうか」

記者の質問が飛ぶ。

「壊れた変電設備の復旧の見通しは、現在のところたっていません。なお、太陽嵐の影響

は今も続いています。変電所の復旧作業をされる作業員のかたは、作業を停止してくださ
い。たとえ代替設備があったとしても絶対に稼働はさせないでください。火災や事故の原
因になります」

会見はその後も続いたようだが、またアナウンサーが話しだした。

「科学文化部の尾藤記者が解説します。よろしくお願いします」

「よろしくお願いします」

「まずはコロナ質量放出についてお聞きします。一体どのようなものなのでしょう」

「えー、一言で言うと太陽の表面で起こる爆発的な放出現象のことで、黒点の周辺で発生
します。太陽フレアという呼び名のほうが一般的かもしれませんね」

「太陽活動が地球に影響するのですか」

「はい。普段、地球は磁気圏というバリアで太陽から届くフレアから守られています。が、
今回のような桁違いの大きさの太陽風、この規模であれば太陽嵐、ですね。それに伴って
発生する巨大なフレアを受けてしまった場合、地球の磁気圏が吹き飛ばされるような形で
大きく変形します。そして変形した磁気圏が元の形を取り戻す時に、強力な誘導電流が発
生します。これが各地の変電設備を破壊してしまった原因です」

「なるほど。人体への影響はないのでしょうか」

「宇宙飛行士やパイロットなどの一部の人には影響がありますが、基本的にはありません」

「全国的に発生したオーロラも、太陽フレアの影響なのでしょうか」

「太陽フレアが磁気圏を突破しようとする際に起こる現象が、オーロラです。今回は磁気圏が大きく乱れているので、おそらくこれから二、三日はオーロラが続くと思われます」

驚いた。東京でもオーロラが出たのか？　話が大きすぎて頭がついていかない。

やがてラジオは都内の交通状況などを再び伝え始めたので、音を絞った。

「あー、これ、昨日Ｗｈｉｓｐｅｒ《ウィスパー》で見たかも」

関さんが言った。

Ｗｈｉｓｐｅｒは、数行程度の短文を公開、共有するウェブサービスだ。一般的なブログよりも気軽に投稿できるため、時事ニュースや流行り物への反応速度が早い。

普段は自分も使っている。でもそういえば昨日は、観光に連れてもらっていて全然アクセスしていなかった。

通信ができなくてもキャッシュログなら残っているはずだ。彼女に見せて欲しいとお願いすると、Ｗｈｉｓｐｅｒのアプリを立ち上げてタイムラインログを見せてくれた。

テレビドラマの感想、誰かが描いた絵、昼に食べたものの写真など、いろいろな人の雑多な投稿が並ぶ。ログを辿っていくと、昨日の昼ごろからいくつかそれらしき投稿があった。

「電磁波だけでこれだけの影響が出ているのであれば、まったく楽観はできません」

「あと半日から数日で到達します」

「正確に数値としてわかるのは到達の一時間から十五分前ぐらいですね　南向きの磁場だった場合はアウトです」

あるユーザーが、質問に答える形でいろいろと書いている。

試しに名前のあたりをタップしてみると、ユーザー情報まではオフラインでも読めた。名古屋にある大学の教授のアカウントだった。デマの可能性は低そうだ。

関さんが友達登録している人が、Ｗｈｉｓｐｅｒにあるシェア機能を使って見せてきた投稿だという。これらの投稿のシェア数は数千件にのぼっていた。昨日の段階でウェブ上では結構な騒ぎになっていたようだ。

「この人は、この辺に住んでいる人ですか？」

「たぶん違うかな。Ｗｈｉｓｐｅｒではリアルな知り合いは絡めてないから」

残念だ。もし近くの人だったら今のこの状況をある程度わかっていそうだったのだけど。ログの日時を見る限り、彼女が最後にＷｈｉｓｐｅｒを見たのは昨日の十一時ごろだ。

その後、教授は何か投稿したのだろうか。

「とりあえず変電所が直るまでは停電ってことなのね。まあ、原因がわかってよかったかも」

越川さんが言った。

オーロラが二、三日間出るということは、その間は確実に停電か。仕事にならないな。とりあえず会社に連絡したいけど、相変わらず携帯が使えない。もし一個や二個の基地局が非常用電源で生き残っていたとしても、通信網全体が寸断されているのであれば意味がない。

比較的災害に強いはずのインターネットですら、各所の電源が全部落ちた場合には復旧がかなり難しいメディアであることがよくわかる。

「ここは一度会社に戻ったほうがいいんじゃないですか。心配してるでしょう?」

越川さんがそう言った。

正直気が進まない。一週間のスケジュールを切ってここに来たのだから、最終日までいても問題ないだろう。

「でも、そもそも飛行機は飛んでいるのかな」

関さんが言う。言われてみればそうだ。

しかも電話連絡ができないため、羽田への正確なフライトスケジュールはわからない。インターネットも電話も不通のため、当然予約もできない。

観光パンフレットに書いてあった運航表の時間を参考に、とにかく明日空港に行ってみることにした。

外に出て、驚いた。太陽はとっくに落ちているのに空が赤い。今日もまたオーロラだ。

昼も出ていたけど見えてなかっただけなのだろう。

人をどこか不安にさせる赤い夜空の下、テレワークスペースまで歩いて帰って、長い一日が終わった。


翌朝起きてカーテンを開けてみると、何事もない、いつもの朝の青空が窓から見えた。でもやっぱり当然のように停電は続いていて、始業時間のつもりだった午前九時になっても回復しなかった。やっぱりそう簡単に直るようなものではないらしい。仕方がない、東京に戻ろう。

役場に行って相談したところ、行きと同じく佐藤課長が公用車で女満別空港まで送ってくれることになった。

こんな忙しい中いいのですかと聞くと、正直苦情処理よりはこっちのほうが、と笑って言われた。お言葉に甘えることにする。

役場の公用車のガソリンを給油するために、セルフスタンドに寄ろうとしたが、臨時休業だった。よく考えればセルフスタンドの受付機は電動だ。

あらためて有人のスタンドに寄る。田舎のスタンドにしてはかなり混んでいた。見ると、地下のタンクからスタッフが手動で組み上げて給油していた。道理でなかなか進まないわけだ。

結局、空港に到着したのはフライト予定時刻ギリギリだった。

空港には自家発電設備があるらしく、停電していなかった。これならなんとか飛べるのではないかと思い、カウンターでグランドスタッフに状況を聞いてみたが、やはり運航はしていなかった。「申し訳ありません。GPSの問題が解決していないため、当面運航の見通しは立っておりません」とだけ言われる。

「GPSの問題、って？　停電が原因じゃないんですか？」

意味がよくわからないのでもう少し聞こうとすると、佐藤課長が横から言う。

「ああ、香山さんはあの日はすぐに宴会だったから、ニュースは見なかったんでしたっけ」

「？」

「あれは今回の騒ぎの半日ぐらい前、つまりあなたがここに来てすぐだったかな。この停電騒ぎで吹っ飛んじゃいましたけど……あ、高山さん」

佐藤課長が話の途中で知り合いを見つけたらしく、手を上げて呼びかける。

隅にある別のカウンターの前で、片手にメモを持ったひっつめ髪の女性がグランドスタッフの話を熱心に書き留めていた。年齢は大体、佐藤課長と同じぐらいに見える。

高山さんと呼ばれたその女性は、二回呼びかけられてやっと佐藤課長に気付いた。

「あ、佐藤さん。こんにちはー」

高山さんは、課長の隣でデイバッグを持っているこちらの姿を見て、あー、と口を開けたあと、申し訳無さそうに言った。

「今日は、飛べないみたいなんですよー」

佐藤課長が、遅ればせながらもお互いを紹介してくれた。高山さんは、女満別空港のある大空町役場の職員さんなのだそうだ。

「わたしもおとといからてんてこ舞いで、ようやく少し状況がわかってきたところなんですけどねー」

忙しそうなわりには、どことなくのんびりと話す人だ。遠くの到着ロビーにあるベンチをこっそり指差して、言う。

「ほら、あそこに座って黄昏《たそが》れてる外人さんがいるじゃないですか。あの人は、おとといあったトラブルで、成田から路線変更してきた海外の航空会社のパイロットだそうです。で、ついさっき詳しい話を聞いたんですけどねー」

「いったい、おととい何があったんですか？」

そう聞くと、高山さんはメモを取り出して、以前のページをめくって説明しだした。

「えーとですね……上空でいきなり高周波以外の無線機能とGPS系統が使えなくなった。そう言ってました」

「え、GPSが？」

そういえば自分が乗った飛行機が着陸した時も、計器の不具合で到着が遅れたというアナウンスがあった。あれはGPSのことだったのだろうか。

「ここの航空管制官の人も、パイロットとの通信が口頭でしか取れなくなって、大忙しになったんだそうです。復旧するまでの上空旋回を全機に指示したって言ってました。でも、一時間近く経ってもGPSは回復する気配も無かったそうで」

国内の空港が全部着陸不可？　のんきに知床を観光している間に、そんなニュースがあったのか。

佐藤課長が高山さんに言う。

「燃料切れを恐れたパイロットたちが次々と緊急事態宣言を発するようになった、ってニュースで言ってましたよね」

「ですね。幸い約二時間後に無線だけは直ったそうですが、そのころになると事前に決められていた代替空港に降りようとしても、どこも混んじゃってて。結局、管制は過密の空港を避けて地方空港に分散して着陸させようとしたそうで、ここにも何機か来たってことらしいです」

「はー、そんなことが」

「女満別空港は滑走路の長さはほどほどありますから、大型機が着陸できるにはできるんですよ。ただ、着陸後に機体を置いておくエプロンが足りなくて。今、展望デッキに行くと珍しいものが見られますよー。行き場のない搭乗客で、今、この町の宿泊施設は埋まってます。停電対応も重なって、頭が痛いです」

展望デッキに上ってみると、真下にはあの日自分が乗った中型ジェット機がまだそのままあった。そして横には、大型ジャンボ機が二機。

これが珍しいもの？

横を見ると、意味がわかった。滑走路の終端から空港の建物までの間に、海外の航空会社のマークを付けた大型機がいくつも、忘れ去られたように置いてあるのだ。

これが、女満別空港にダイバートしたきり二度と飛べなくなった機、というわけなのだろう。

「ジャンボ機の渋滞だ……」


屋上の展望デッキから帰ってくると、高山さんがまだいた。空港での仕事がちょうど終わったところのようだ。佐藤課長が声をかける。

「忙しいかもしれませんが、一緒に食事でもどうです？　腹が減っては戦ができぬってことで」

「あ、いいですねー。行きましょう。ただ、もう一件、近所に用事があるので、ついでに終わらせちゃってからでいいですか？」

「近所って、空港の近くに？」

「ええ。おととい、まだ電話が通じていた時に、気象庁から妙な依頼を受けちゃいまして」

「妙な依頼？」

「おとといから今までの地磁気観測所の観測データを、どんな手段でもいいから届けて欲しいって言われていて」

「地磁気観測所？　そんなものがこの近くにあるんですか」

佐藤課長が言う。地元の人間が知らないとは、相当地味な施設らしい。

「ええ。ここから車で十分ぐらいのところにあるんです」

自分も気になって、聞いてみる。

「届けるって、どこにです？」

「茨城県の柿岡地磁気観測所に送ってくれ、って言われてますー。ここの観測所は無人ですから、私が代わりに」

「ああ、今はデータが自動送信できなくなってるんですね、きっと」

腑に落ちた。無人の観測所に溜まったデータを手動で送れ、という話か。今、通信関係は全滅のようだし。

「ってことは、郵送ってことですか？」

佐藤課長が聞く。

「いえ、先ほど郵便局や宅配業者に行ってみたんですけど、配送関係のコンピューターシステムが止まっちゃってて、どこもまだ送れる状態ではないみたいです。ああもう、電話連絡ができないといちいち車を走らせないといけなくて大変ですよねー」

「あ、ひょっとしてそれで空港に？」

「空港に行ってみて、運航が回復しているようであれば関東への出張まで考えていたんですけどね。これじゃあどうも当分無理っぽいですねー」

高山さんの運転する車についていくと、十分も走らないうちに気象庁地磁気観測所女満別観測施設に着いた。

門には敷地への立ち入りを禁ずる看板がある。

高山さんは車から台車を降ろし、ノートパソコンと小型の自家発電機を載せようとしている。重そうなので佐藤課長と二人で手伝った。

台車を転がしながら門の中に入ると、北海道らしい広々とした敷地内に小さな小屋がいくつかあった。

高山さんが小屋の鍵を開けて、中にあった観測機器に発電機で給電する。手書きのメモを見ながら観測機器からデータを出力しようとするが、機械には不慣れらしく手こずっていた。

おせっかいかな、と思いつつも手伝いを申し出るとむしろありがたがられたので、操作を代わる。

測定器にＳＳＨで接続して、機械に差したコンパクトフラッシュへデータを出力する。高山さんがパソコンと一緒に持ってきたカードリーダーを使ってノートパソコンで読んでみると、無事にデータを見ることができた。

中には日付別に大量のフォルダが入っていた。それぞれのフォルダの中には、「Ｈ．ｎＴ」と「Ｄ．ｍｉｎ」と「Ｚ．ｎＴ」という名前がついた、三種類のデータファイルがある。データの中からタイムスタンプが昨日のものを一個、とりあえずメモ帳に放り込んでみた。予想通り、ただのテキストファイルだ。データをコピーして、拡張子をｃｓｖに変えてみた。ＣＳＶファイルはカンマと改行で区切られた、テキストを使って表を表したデータだ。

今度はダブルクリックして普通に開いてみると、あっさりと表計算ソフトで開くことができた。出てきた表は非常にシンプルなもので、単なる数字の羅列だ。それぞれを表計算ソフトの機能を使い、折れ線グラフにしてみる。

「すごいっすね……」

画面を後ろから見ながら、佐藤課長が感心したような声で言う。

別にプログラマーじゃなくても、ちょっとパソコンに詳しい人にとっては難しくないことなのだけどなあ、と思う。

あまり期待されても困る。振り返って言った。

「出してはみたものの、正直よくわかりません」

「まあ、専門的な観測データでしょうからねー」

高山さんはもともとデータの中身まで見るつもりはなかったようだ。

「データ的にはシンプルです。三つのデータがあって、時間別に数値を測っている。たぶんこれが地磁気の強さってことなんでしょう」

最後の日付のデータファイルを開いて、グラフ化してみた。

「なんか極端なグラフですね」

後ろから見ている佐藤課長に言われた。

「最後だけ一気に下がってますね。停電直前の数値だけが異常に低いから、他のグラフが極端に高く見えるんですよ、たぶん。ここだけは生の数字で見たほうがいいかもしれません」

停電直前のデータが入ったセルを探して、指をさす。

「ほら、このHのグラフ。普通の数値が二六一〇〇から二六一六〇ぐらいのごく限られた範囲の数値なのに、データが切れる直前だけはいきなり五〇〇〇以上一気に下がってる。こんな異常な数値があったら、そりゃグラフもおかしくなるわけです」

「この、nTとかminっていうのは何でしょう」

佐藤課長が、データファイルの末尾についていた、ファイル形式を示す拡張子を見て言った。

「m・i nは何分とかそういう意味でしょうけど、nTはわからないですね」

データがあっても意味がわからない人たちだけで、どうこう言っても始まらない。とりあえずこれを柿岡に送れば、何かがわかるのだろう。あとは任せよう。

観測データは結局、配送網の回復を待って郵便で送ることにしたようだ。

気象庁の人は「どんな手段でもいいから」と言っていたという。通信や交通網の途絶した現在のこの状況になることを、前日から知っていたということなのだろうか。

グラフを見た印象は、例えるならば巨大地震を喰らって針が振り切れたまま壊れた震度計、だった。地震は予測できないが、太陽嵐は予測できるものなのだろうか。


昼食後、佐藤課長の車で斜里町に戻ってきた。太陽嵐に関して調べるため、課長にお願いして図書館で降ろしてもらう。

テレワークスペースまでは歩いて帰れない距離でもなかったが、課長は調べ事が終わるまで待っていてくれるということだった。

図書館の自動ドアには「お手数ですが手で開けてください（手で閉めてください）」と張り紙がしてあった。

太陽嵐についての書籍を探す。小さな図書館にはほとんどなかった。

よく探せばあるのかもしれないが、見つからない。最近検索エンジンに頼りすぎて図書館から必要な情報を探すことが下手になっている気がする。

なんとか駆け足で探してみた結果、『世界を滅ぼす十二の出来事』という胡散臭いタイトルの本に数ページだけ、太陽嵐の記載があった。

百年前のある夜に、キューバでもオーロラが⁉

正確に記録に残っている中で今まで地球上で最大の太陽嵐は、一八五九年に起こったものだ。

この時の太陽嵐は観測者であるイギリスの天文学者リチャード・キャリントンの名前を取って、キャリントン・イベント、と呼ばれている。

マイナス八〇〇からマイナス一七〇〇ナノテスラの磁気嵐が地球を襲い、何百万人の人が停電による被害を受けた。

と、ある。

ナノテスラ。これがもしかしてさっき見たグラフの単位の「nT」だろうか。

太陽嵐が起きるとまず宇宙線や電磁波が光速で地球を襲い、衛星に使われているコンピューターのメモリ上に問題が発生する。

これにより、現在社会に不可欠な技術であるGPSデータにズレが発生したり、データを受信できなくなったりする可能性がある。

また、電磁波は電離層に影響し、短波ラジオや無線に一時的な悪影響を及ぼすだろう。

だが、本当に恐ろしいのは、最後にやってくるコロナ質量放出（CME）だ。

夜空に現れた美しいオーロラは、太陽風によって地球の磁気圏が激しく揺さぶられている時に起こる現象なのである。

CMEが引き起こす地磁気誘導電流（GIC）は巨大で、雷への対策が取られている変電設備であっても変圧器が焼け焦げてしまう。

変電所の復旧は簡単にはできず、停電は三年から十年に渡るであろう。


などと書いてあった。

……三年から十年電気が使えない世の中になる、だって？　冗談だろう？

信号などの交通網から、テレビやインターネットなどのメディア、水道などのライフラインまで、今の状態でさえこれだけの混乱が起きているのに、こんな停電が三年から十年続く？

ちょっと想像がつかない。三日程度のつもりでいたからまだあった心の余裕が、一気に消え失せる。

そして、太陽嵐を書いたその章の最後の一文は「電力が必須の現代社会がこのクラスの太陽フレアを喰らった場合、世界は中世まで戻ってしまうであろう」だった。

……中世。科学的知識を持つものが迫害され、迷信にとらわれて疫病が蔓延し、社会が停滞した、暗黒時代。そんな世界を、あの奇妙な赤いオーロラがこれからもたらすというのか。

本を手に、しばし呆然としていた。

車に戻り、待っていた佐藤課長に事態の長期化の可能性を話したところ、課長は「ああ、だからあの時GPSがうまく動かなかったんですね」とだけ言った。

確かに、言われてみればそうだ。あれは停電の約半日前、つまりちょうど自分が乗っていた飛行機が着陸態勢に入ったところに、まず太陽嵐の第一波である電磁波が光速で地球に到達していたということなのだろう。

その影響で、現在各国が打ち上げている七十台以上ある衛星の基盤がショート、または誤作動。現在もその状況は続いている、というわけだ。

それにしても、いまさらながら事態の影響の大きさに戦慄する。壊れた衛星を直すだけでもどれだけの時間と費用が掛かるのか、見当もつかない。

これからどんなことがあるのかわからない以上、とにかく先立つもの、現金を少しでも多めに下ろしておこう。そう思い、佐藤課長にお願いして銀行に寄ってもらった。コンビニATMはどう考えても稼働していないだろう。

平日なのに銀行はシャッターが下りている。車を降りてシャッターに貼ってあった掲示を読むと「臨時休業のお知らせ」と書いてあった。ATMは無理としても窓口ぐらいは開いていると思っていたのに、どうやらあてが外れたようだ。

諦めて車に戻ろうとしたところ、建物の横から中年男性の大きな声が聞こえた。

「自分の金を下ろさせないって、どういうことだよ」

通用口から出てきた窓口の受付担当らしき女性に苦情を言っている。

「ほら、見りゃわかるだろ。預金額は通帳に書いてあるんだから」

「ご不便をおかけして大変申し訳ありません。ただいまオンラインで口座情報が確認できないため、通帳の情報を更新できないのです」

「いや、意味がわからん」

「通帳に記載されている情報が最新であるかどうか、こちらで判断できないのです」

「やっぱり意味がわからん。よその支店からもう下ろしてるんじゃないかって疑っているってことか？」

ちょっと悪い方向に誤解をしているように思える。自分も事務員の人に質問があったので、おせっかいながらも割り込むことにした。

「いや、そういうわけではないと思いますよ。単純に、停電のせいで各支店間の口座出入金情報の同期ができないんですよね、たぶん」

「はい。そうなんです」

事務員さんはこちらを見て、ちょっとホッとした顔をして言った。

「本店で対処方法が決まるまでは、こちらとしては資金の移動を勝手にはできないのです」

男は不満そうな声で、続けた。

「ここの銀行の本店ってのは札幌だろ？　電話が使えないのにどうやって指示を仰ぐんだよ。郵便か？」

「本日、近隣の支店長と一緒に緊急で札幌の本店まで、直接車で向かっています」

「札幌までって、どれくらい掛かるのですか」

事務員さんに聞いたつもりだったが、代わりに男が答えた。

「高速道路を使っても、片道五時間以上は掛かるだろうな……」

まさかそこまでやっているとは思わなかったようで、男は少し言葉を止めた。

自分も事務員さんに質問をする。

「あの、東京の都市銀行のキャッシュカードしか持っていないんですけど、やっぱりお金は下ろせません……よね……」

話しながらだんだんトーンが沈む。事務員さんの顔を見ると、明らかに駄目そうなのだ。近隣市町村にある同じ銀行の支店間取引さえできないのに、違う銀行間の勘定系ネットワークが使えるはずもない、か。

全員が一瞬、黙り込んでしまった。

やがて男が、重い空気を振り切るように言った。

「……あー、じゃあ、もうこの際、通帳とかややこしいことはどうでもいいよ。お金を貸してくれ。そっちの都合なんだから無利子で。頼むよ」

「仕組み上、そうはいかないのです。すみません」

「そもそもここはいつ再開するんだよ」

「札幌本店からの指示が分かり次第、こちらとしてもできるだけ早く再開したいと思っております。ですが、具体的な日にちなどはまだ……」

「こんなことやってたら取り付け騒ぎになるぞ、本当に」

事務員さんが弱り果てている。

「とにかく、とりあえず今日はまず再開は無しなんですね。では後日出直します」

わざと意識的にそう言うと、男も無理を悟ったらしい。「社員になんて言えばいいんだよ。まったく」などとつぶやきながらも、車に乗って帰っていった。

給料の支払い関係だろうか。

停電が原因のことに文句を言っても仕方がないだろうに、と思いながら聞いていた。でも、経営者だとお金関係にはシビアにならざるを得ないのだろう。少し気の毒になった。実際、自分自身、人のことを言っている場合じゃない。


佐藤課長が運転する車は、テレワークスペースではなく役場に止まった。課長がこちらを向いて言う。

「これから役場と関係組織の担当者が集まる二回目の停電災害対策本部会議があります。香山さんも同席してくれませんか?」

「え、僕がですか!?」

「今回の停電の原因に関する全体像をこのあたりで一番把握しているのはおそらく香山さん、あなたです」

「いや、昨日のラジオを聞いていれば太陽嵐が原因だってことはみんなわかったでしょう?」

「AM、FMともに、一般的なラジオやテレビは未だにすべて不通です。昨日聞いたというそのラジオの件も、知っていた人間は役場を含め誰もいませんでした」

「でも僕、完全に部外者ですよ」

「会議自体が臨時のものですから。本来部長クラスだけで、課長の私も出席しない会議です。でも、停電が予想を超えるほど長期間に及ぶという、先程聞いた情報は知らせないわけにはいかないと思っています。あと十五分で始まりますから、書類を作っている時間はありません。会議前に一言言えばたぶん大丈夫」

佐藤課長はさほど気にすることもなく言う。この町は行政との距離が妙に近い気がする。

「私では、科学的な部分や技術的な説明を正確にできる自信がないんです。お願いします」

結局押し切られてしまった。

二階の会議室の前には「斜里町大規模停電災害対策本部」という、手書きの大きな標識板があった。

会議室内で待っていると、次々と役場の人たちがやってきた。病院関係者だろうか、中には白衣を着た人物もいる。そんな中に地元の人間ですらない、ただのプログラマーが一人。場違いなことこの上ない。

佐藤課長はそのことをさほど気にする様子もなく、会議が始まる前に紹介の時間を取り、オブザーバーとして同席してもらいますという一言で済ませてしまった。

特に反対意見は出なかったが、皆に「誰だこいつ」と思われていそうで落ち着かない。

「斜里町」と書いた朱色の腕章を着けた、佐藤課長の隣の人物が話し始めた。テーブルの上のプレートを見ると、総務部長と書いてある。

「それでは、第二回の斜里町災害対策本部員会議を始めます。えー、皆さんお集まりいただき、ありがとうございます。今回の停電対策は、課の垣根を越えた対応が求められると思われるため、お忙しい中また集まっていただきました。どうぞよろしくお願いします。なお、この停電は長期化する可能性が高いことがわかりました。今からその根拠についてお話しします」

総務部長が視線をこちらに向けたので、専門家のような解説を求められるのかと思って戦々恐々とした。

だが佐藤課長が立ち上がり、さっき自分が話した内容をうまくかいつまんで、一人で報告し終えた。

「というわけで、停電は年単位のものになる可能性が高い。そういうことを前提に動かないといけません」

室内がどよめく。かなりショッキングな報告だけに、ざわめきがなかなか止まらなかった。病院関係者らしき男性は会議中だというのに中座して、ドアの外にいる同僚に何事かを伝え始めた。

隣席同士で話し合うような状態がしばらく続き、やがて出席者が疑問を口にしだした。

「これってEMPってやつじゃないの？」

「なんだ？　そのEMPって」

「核爆弾を宇宙で爆発させて、爆発で出る強烈な電磁波で停電を起こすって兵器だよ。北朝鮮が撃ってくるんじゃないかって、ニュースで話題になってたっしょ」

「そもそも、この情報の出どころはどこなんだ？」

「情報源はそこのあんたか？　どこから聞いた話なんだい、この太陽嵐っていうのは」

出席者がみんなでこちらを見ている。ラジオニュースで聴いた話だと言っても、この場にいる他の人が誰も聴いていないということであれば、説得力に欠けるだろう。何か言わなければと思うが、躊躇する。

「最悪のケースを想定して動くことが、大事じゃないかと」

自分が口を開く前に、佐藤課長が横から言った。

「これはただの一般論ですがね。でもすでに今までにない長時間の停電が起こっているのも事実ですから」

「長期化する可能性の元に動く、ということか」

上座に座った年配の男性が言った。プレートを見ると、町長らしい。

「それは、そのとおりだな」

その一言を境に少し場が落ち着き、会議の進行が再開した。

停電のあとは町内各所で問題が続出しているらしく、やがて出席者が次々に話し始めた。

「町立病院から、あと二十四時間ほどで自家発電機が止まってしまうと連絡がありました」

「それって止まるとどうなるんだ？」

「外科手術もできませんし、今現在人工呼吸器やペースメーカーを付けている人は即、命に関わります」

「そりゃ大変だ。でも、燃料を補給すればいいだけじゃないの？」

「稼働中の燃料補給は運用上不可能。連続稼動は七十二時間が限界なんです」

「土木や建設屋が発電機を持ってるだろう。それを回してもらおう。ただ、どんな切り替え方をするにしても瞬断は避けられないぞ」

「それでお願いします。ごく短時間であればＵＰＳ、無停電電源装置のバッテリーでしのげるはずです」

「で、なんで水まで止まってるんだ。水が出なきゃ消火もできないんだぞ。今また火事が起こったら、どうにもならん」

「火災の有無以前に、水道は町民のライフラインだ。優先して復旧しないとな。発電機を回すべきだと思う」

「水道が流れれば下水道も復旧しますかね。今のところトイレが一番問題になってるだろう」

「残念ながら下水は下水で別です」

「農家さんの協力もあって、避難所の近くの公園に仮設のトイレをそれなりの数、設置できました。でも、長期になると辛いですね」

「避難所なんてあるのか」

「一応、ゆめホール知床の和室を開放してるよ。ただ、今のところそれほど使っている人はいないね」

「暗いしねえ、あそこ。停電で。窓からの自然光が入ってくるロビーとかのほうがいいんじゃない？」

「風呂はまだともかく、トイレはみんな困っているだろう。現状、公園の公衆トイレすら使えないわけで」

「なんとか流せればなあ」

発言を求められない限り黙っているつもりだったのだが、少しは役に立ちそうな情報を知っていたので話してみることにした。

「東日本大震災の時に計画停電の対象地域だったので覚えています。電動型のトイレでも手動で流す方法がありますよ」

出席者がおお、とどよめいたので、具体的にやり方を話した。要はタンクに貯まっている水の栓を抜けばいいのだ。

「うーん、ただそれを町民にどうやって伝える?」

「広報車だとかえって効率が悪いかも。回覧板ですかね。至急回覧と書いておきます」

「いや、それは困る。下水が回復してからでないと、流されても溢れちゃいますよ」

「まずは下水だな。工事現場用の発電機の手配を頼む」

課題が山積しているせいか進行が早く、一度動き始めるとテキパキと進んでいく。

会議はその後、人命やライフラインに関わる問題に優先して発電機を回すという基本方針を策定して終わった。

「最後に」

総務部長が手を挙げて言う。

「先程ありました停電の長期化という報告を踏まえ、ただいまの会議の終了時点から、非常配備体制を第二非常配備体制から第三非常配備体制に変更いたします。これからは役場内の全職員で、総力を挙げて対処に当たってください」

出席者が出ていった会議室で、片付けをしている佐藤課長に話しかける。

「僕、何かの役に立ちましたか?　結局トイレの流し方を教えただけなんですけども」

「いや、充分です。ありがとうございます」

何が充分なのかよくわからない。要するに識者もどきをさせられたということなのだろうか。

正直、こんなことをしている場合ではないのだ。飛行機が再び飛ぶ可能性がほとんどなくなったのなら、別なルートを考えなくてはならない。会議中もそのことばかり考えていた。

飛行機が駄目、電車も駄目。

「レンタカーはどうです？　乗り捨てを繰り返せば。北海道の運転なんて大したことないですよ、ラクなもんです」

試しに相談してみたところ、佐藤課長は気軽に言う。だが信号が全滅している現状でペーパードライバーが日本列島の半分をドライブすると考えると、とてもとても選択肢には入れられなかった。

「宿代の要らない出張だったので、あまり手持ちの現金がないんです。銀行が再開するまではレンタカーは無理ですね」

「お金ぐらいなら、貸しますよ？」

「いや、電話も使えない今の状況で、大金を借りるというのもどうかと」

手持ちのお金でなんとかするとすれば、長距離バスあたりか。これならおそらく札幌や函館まで行くことはできるだろう。

けれど、函館から本州へ渡る手段が不明だ。青函トンネルは鉄道しか通れない。フェリーになると思うけど、船が正常に運航しているかどうかも行ってみなければわからない。どうやったって津軽海峡が壁になる。

「じゃあ、汽車はどうです?」

「汽車? 蒸気機関車なんて走ってるんですか」

古めかしいSLを思い浮かべてしまい、佐藤課長に笑われてしまった。

「あはは、このあたりでは、鉄道のことを汽車と呼ぶんです。このあたりの鉄道は気動車ですから」

昨日、斜里町に向かう車から並走する鉄道を見たが、パンタグラフのないディーゼル車だった。つまりあれは「電車」ではない。一輌しかないワンマン体制の鉄道だから「列車」とも呼べない。電車でも列車でもないなら、汽車と呼ぶのもあながち間違ってないのか。と妙なところで腑に落ちて、その時気付いた。

え? ディーゼル車ということは。

「もしかして、ここの鉄道は、電気は使っていない?」

「おそらく」

確認してみる価値はあるかも、と思って行った知床斜里駅で駅員に聞いてみたところ、列車は運休だった。踏切を含めた様々な保安設備に電力を使っているため、だそうだ。再開は未定。

結局、自分はいわゆる帰宅困難者というものにまたなってしまったわけだ。東日本大震災の時以来だ。電車がすべて止まり、一晩掛けて歩いて自宅に帰ったあの時のことを思い出す。

大きすぎるので気付きづらいが、北海道は一つの「島」だということがよくわかる。震災の時の東京とは違い、今回は歩いていけばいつかは着くというものではないのだ。

結局、今日はあきらめてテレワークスペースに戻った。

夜になると、避難所の開設案内をスピーカーから流しながら、役場の広報車が外の道を通っていった。

夜空には今日も、赤いオーロラが出ていた。

それから数日間はテレワークスペースに居たものの、その後は避難所に移った。あの場所ではテレビもラジオもネットも使えずに人との接点がない生活で、不安感が増すばかりだったのだ。

結局何度も役場に現状を聞きに行くことになり、それならいっそ避難所にいたほうが情報は早いのでは、と佐藤課長に移動を勧められた。

避難所は、役場の隣にある市民ホール「ゆめホール知床」。

大規模災害時は本来、町内各所の小学校などが避難所になる。

だが今回は物理的な破壊のない災害だったために、車での移動が可能だった。限りある自家発電装置を節約する目的で、町内の避難所はこのホール一カ所に集約された。

水道は、工事現場用発電機を町内十数カ所に設置して、停電から三日目に復旧した。ガスは都市ガスではなくボンベ式のLPガスなのでもともと影響がない。

冬であれば電気ストーブが使えず、大騒ぎになっているだろう。今は、季節が幸いした。無理に一家総出で避難所に行くよりも、家に留まったほうがいい、という判断をした家庭がほとんどだった。

結果として避難所には、不安になって集まってきた一人暮らしの高齢者や、オール電化の家に住んでいたために日常生活がままならなくなった一家などの約五百人が暮らしている。

ゆめホールはロビーの側面が大きなガラス張りになっているため、日中は高齢者のほとんどが暗いホール内を避けてロビーに出ている。他の世代の人たちも仕事や学校に出かけていったため、薄暗いホールで真っ昼間から寝転がっている人はまばらだった。

避難所には発電機を用意したらしく、建物全体に聞こえるようにスピーカーからラジオが流れている。

「それでは、引き続きＮＩＣＴ、情報通信研究機構の岡田さんにお話を伺います。岡田さん、よろしくお願いします」

「よろしくお願いします」

「先程言われていた、コロナ質量放出と呼ばれる現象について説明をお願いできますか」

「はい。私が所属する宇宙天気情報センターでは、NASAのACE、STEREO、SOHOといった太陽と地球の間に位置する観測用探査機から情報を受け取り、太陽フレアなどの宇宙天気予報を公開しています。今回の停電の約一時間前、ACEは一一五ナノテスラの太陽嵐を観測しました」

「耳慣れない単位ですね。これはどのような規模なのでしょう」

「テスラとは磁束密度の単位で、これは間違いなく近代観測史上最大の太陽嵐です。今まで観測された中で最大の太陽嵐である、キャリントン・イベントと呼ばれる一八五九年の太陽嵐すらしのぐ規模です」

「その時には何か被害はなかったのですか」

「当時は電力網がまだほとんど無かったので、被害はかなり限られていました。それでも電線がショートしたり、電報用紙が自然に発火したりしたという記録が残っています」

「当時もオーロラは発生したのでしょうか」

「はい。今回と同じですね。本来見られない地域でもオーロラが発生し、真夜中でも新聞が読めるほど明るかったと記録されています。さらに歴史を遡ると、西暦七七四年から七七五年ごろに、キャリントン・イベントの約十倍の規模の太陽フレアが地球を直撃したのではないか、といわれています。これは、屋久杉などの長寿の木から、炭素の放射性同位体である炭素一四の数値を調べてわかったものです。これは世界中の大陸にある樹木から同じ観測結果が出ています。ヨーロッパの空に赤い十字架が出現した、など、世界各地の伝承の中に当時の姿が伝えられています」

「つまり、千年に一度ということですか」

「確かに、そういうことになりますね。タイムスケールを大きく取るほど発生するフレアの威力の上限が上がります。滅多に発生しないが、百年、千年の間にはほぼ確実に発生する大きな事象、という意味では地震や火山の噴火にも多少似ていますね」

また千年に一度。数年前に千年に一度を喰らったばかりなのに。

ひとつひとつの災害は数百年や千年に一度でも、世の中にはたくさんの種類の災害があるわけで、生きているうちに大災害に遭う確率は実はかなり高いのではないか。そう思った。

「太陽嵐の襲来にはいくつかの段階があります。まず、最初に来るのが電磁波。これは光速なので、太陽から地球まで約八分で到達します。これにより人工衛星内部のシステムが影響を受けて、ＧＰＳの故障や誤作動などの原因となります。そして次に来るのが宇宙線。これはいわゆる放射線です。それが数時間以内に届きます。宇宙天気情報センターはまさにそのような事態に対処するために予報を出しているわけです。今回、宇宙飛行士は予報に基づいて宇宙線から身を守る船内の退避スペースに避難したはずです。最後に到達したのが、今回の停電を引き起こしたコロナ質量放出。Ｃｏｒｏｎａｌ Ｍａｓｓ Ｅｊｅｃｔｉｏｎ。略称としてＣＭＥと呼ばれるものです。ＣＭＥは、太陽から発せられたプラズマの塊です。何十億トン、何百億トンものガス雲で、帯電しています。水素爆弾に換算すると、今回のクラスでは百億個分以上のエネルギーです。近年の研究で、今回以上のスーパーフレアと呼ばれるクラスのフレアが、太陽でも起こる可能性があることがわかっています」

整然と話しているが、理系の性《さが》なのか、どことなく楽しそうな声にも聞こえる。

「通常地球は、磁気圏により太陽風から守られています。今回の場合、秒速千キロメートルを超えるスピードで地球に到達したＣＭＥの磁気エネルギーが地球の磁気圏を突破、侵入したことの影響で、大気中の電子が下向きに加速されることで先日のオーロラを発生させたわけです」

「オーロラというとアラスカや極地のイメージがあります。今回は赤道直下でもオーロラが発生したとのことですが、どういった理由があるのでしょうか」

「それだけ巨大な磁気嵐だったということですね。おっしゃる通り、通常オーロラを見ることができるのはオーロラベルトと呼ばれる極地圏近くの地域のみですが、大きな磁気嵐が起こった場合はもっと南の地域でもオーロラを観測できることがあります。今回の場合、赤いオーロラが各地で観測されています。この色は低緯度オーロラの特徴です」

「それと今回の停電がどのように関係してくるのでしょうか」

「CMEによって激しく揺さぶられた地球の磁気圏が復元する際に、巨大な地磁気誘導電流が発生します。この現象によって変電設備や高圧電線が破壊されてしまったわけです。今回に近い事象が一九八九年の三月にカナダのケベック州で起きています。その時には九時間の停電が発生し、六百万人に影響が出ました」

「今回の場合、停電が三年から十年の長期間に渡ると予想されています。その理由はなんなのでしょうか」

「その点に関しては専門家ではないので一般的な話しかできませんが、変電所で使う変圧器の製造に時間がかかることが原因だと聞いています。大規模な変電設備は簡単には製造できません。工場に必要な電力がない現在の状態だと、生産がいつ再開できるのかさえ不明なのかもしれません」

「なるほど。岡田さん、ありがとうございました」

この種の解説をここ数日で何回か聞いたおかげで、普通の人に耳馴染みがなかったCMEという言葉やナノテスラという単位もみんなすっかり聞き慣れてしまった。

「千年前には電化製品もインターネットもないもんなあ」

ひとり、つぶやく。現代ならではの災害、なのだろう。冬に起きたというカナダの停電に比べれば、さしあたって生命の危険がないだけマシだろうか。

ここ数日で状況がある程度わかってきたのは、ＡＭラジオやＦＭラジオが使えるようになったことが大きい。

現在のラジオやテレビは、放送局から送信所にデータを送ってそこから各地域に放送しているそうだ。

ここで問題になるのが、放送局から送信所へのルートだ。

アナログ放送時代と違い、光ファイバーの専用線で放送局と送信所は繋がっている。これが停電でズタズタに寸断されてしまった。

放送局そのものは自家発電で放送を継続できたものの、ローカル局は東京のキー局と連絡が途絶。番組データも一切入ってこない。

テレビ局もラジオ局も、通信途絶後、数分で、自前の放送設備を使った臨時のローカルニュースに切り替えたが、送信所に放送データを送れなくなったため、事実上の放送休止に追い込まれた。

しれとこびとのラジオに書いてあった「ＳＷ」という周波数帯。これは短波放送（ＳｈｏｒｔＷａｖｅ）のことだと、避難所にいる人から聞いた。

短波はその特性上、送信所がひとつあれば日本中で聞けると言っていいぐらい広範囲で聞くことができる。

　科学文化部からCMEの説明を受け、放送網の崩壊を事前に知ったNHKは、一局で全国をカバーできる短波放送を最優先で復旧させることを決めた。

　短波放送は電磁波襲来時にデリンジャー現象という電波障害が起きて、一時聴きづらい状態になったものの、CME直後には唯一全国ニュースを提供するチャンネルとして貴重な存在になった。

　NHKは渋谷の放送センターと茨城の八俣送信所の間を、移動式の中央防災無線で繋いで短波放送を再開させたそうだ。

　電波法とか大丈夫なのだろうかと思う。でも、当の放送局自身が再送信しているならまあたぶん大丈夫なのだろう。

　そしてこの移動無線局による放送局と送信所の接続方法を、他のラジオ局も徐々に取り入れた。昨日までにAMやFMの民放ラジオがすべて再開し、各地の断水情報、避難所情報などを流している。

　ただ、地域の混乱が一段落して以来、視聴者は全国ニュースを求めていて、あまり民放ラジオを聞くことはない。

　避難所で流れているのも、AMのNHK第一だ。

　テレビ放送はラジオよりもデータ量が桁違いに多いためか、いまだに一局も復活できていないようだ。地上波デジタル放送はもちろんのこと、衛星放送も電磁波襲来の段階で全滅してしまっている。

あとはアナログ放送の復活ぐらいしかない。でも、設備がほとんど廃棄されてしまっているので今後も難しいのではないか、と先日避難所に取材に来た北見放送局のリポーターが言っていた。

カメラマンはいなかったので、これもラジオの取材だったのだろう。


この数日間で、街角のいろいろなところに掲示板が立てられた。選挙の時に使うポスター用の掲示板を使い回し、透明なビニールで覆っただけの簡易なもので、町からの様々な情報が掲載されていた。

あらゆる通信が使えない今の状況では、掲示板や回覧板は大事なものになった。

そして、停電の翌日には来なかった新聞が、数日分掲示板に貼られるようになった。

新聞といってもA3の紙一枚の、シンプルな紙面だ。越川さんに聞いてみたが、未だ一般家庭には届いていないそうだ。印刷のための電力が足りないのかもしれない。

紙面を初日から追っていくと、現場の混乱がよくわかる。

初日の見出しは「全国各地で停電」。知っているし、見ればわかるよ、そんなことは。

そういう情報しかあまり載っていなかった。

テレビ放送などと同じく、報道網も寸断されている。新聞社の支社がある釧路市近隣の避難所や断水情報ぐらいしか、独自の情報は掲載されていなかった。

その後の新聞の内容も、基本的には短波のNHKニュースの後追いにとどまった。

それでも、聴き逃したら厄介なラジオ放送ではなく、紙面として記録に残っていることはやはり便利だ。特に、今まで断片的な情報から自分が推測していた停電の長期化という事態を、新聞が正式に裏打ちしてくれたのはありがたかった。今大事なのは、何よりも正確な情報なわけで。

停電発生後からの政府の動きが正確にわかったのも、新聞のおかげだ。役場の人たちも大いに参考にしている。

今までは中央とのコンタクトが取れなかったために各市町村の役場が独自に決めていた施策が、停電初日に内閣府に設置された大規模停電緊急災害対策本部の方針に基づき、正式に制度化されていった。

発生からしばらく、単純に「大停電」と呼ばれていたこの災害は、短波ラジオなどを通じて各国の被害状況がわかるにつれ、まずはマスメディアを中心に「世界停電」と呼ばれるようになっていった。近日中にこの呼称が正式に閣議決定されるらしい。

世界停電。そう言われても、正直まだピンと来ていない。田舎にいると、この停電が世界的事象であることがなんとなく実感できなかった。世界停電という呼称は避難所の人ですらあまり使っていない。

五十キロほど離れた美幌《びほろ》という町には、自衛隊の駐屯地がある。

大規模災害というと自衛隊が来るイメージがあったが、斜里町の避難所には来なかった。近隣の北見市への給水活動などで手一杯なのだそうだ。大きな街は被害も大きいのだろう。

被害とは言っても一般的な災害とは違い、避難所にいる人は怪我をしたり家が壊れたり着の身着のまま来ているというわけではない。五百人もいると、働き手は避難所内にたくさんいた。開設当初は社会福祉協議会や自治会連合会などの人が手伝いに来てくれたそうだが、今はいわば自治状態になっている。

銀行は停電後三日目から、ATMを除く窓口のみが営業するようになり、単純な入出金と支店間取引が復活した。

ただし支店間取引には書類のやりとりが必要なため、申込みから出金まで最低でも一日掛かる。

会社が違う銀行間の資金移動はまだルールができていないようで、やはり未だに自分のお金は下ろせていない。

このままでは金欠になる。避難所に行ったのは、食事が出るからという理由もあった。ここでは生活費がかからない。停電発生の翌日に政府が激甚災害指定をしたためだ。災害救助法に規定された額の食費が国庫から出るのだそうだ。

避難所にあった非常用食料の備蓄は数日で切れたため、一度他のスタッフと一緒に車で買い出しに出かけた。

行き先は停電の翌日に行ってみたあの大型スーパーだった。

店内はあれからさらに様変わりしていた。前回より明らかに商品の数が少ない。カップラーメンや乾麺などの保存が利く商品の在庫が消えるのはまだわかる。今の状況であればみんな買いだめするだろうし、工場も動いていないから新しく生産もできていないわけで。

でも、生鮮食料品の在庫まで少ないのはなぜだろう。電気は止まったが、ガソリンが尽きたわけではないので陸上輸送には問題がないだろうに。

店員に聞いてみたところ、海上輸送がまだできないために、食品の入荷が滞っているそうだ。よく見てみれば、在庫が潤沢にある食品はどれも道内産で、海外産どころか他の県産のものもほとんど見当たらない。

日本の食料自給率は確か四十パーセントぐらいだったはずだ。輸入停止が長引くと大変なことになるのではないだろうか。ガラガラの棚を見ながら、薄ら寒い気分になる。

北海道が孤島状態である限り、東京に、家に帰れる見込みも、今のところない。

明後日は、本来であれば東京に戻って会社に復帰する日だ。

今日、木島社長宛てに手紙を書いてポストに入れてきた。ちゃんと届くかどうかはわからない。

一応、有給休暇の申請という体で文書を書いた。実際のところは会社自体がどうなっていることか、見当がつかなかった。

インターネットが使えない世界でＩＴ企業が経営を続けられるとは思えない。

仕事は、電気とともに消えた。今の自分は、いよいよただの能無しだ。

いっそこのまま毎日、図書館から借りてきた本を読みながらゴロゴロしていようか。


「なんか、腐りかけてない？」

背中の方から声が聞こえた。寝転がって振り向くと、昼に食べ残したままにしていた食事の皿を手にした関さんが、立っていた。

「これ、いつの分なの？　そろそろ暑い日もあるから、食べないならちゃんと捨てたほうがいいよ」

壁に貼ってあった「食中毒に注意！」という保健所の張り紙を指差して言った。

「昼に出たアスパラの中で、筋張って食べられないものが少しあったもので」

なんとなく間抜けな返事をしながら、のろのろと起き上がる。

「そろそろ帰れるめどはついたのかな、って思って来たけど、まだ駄目みたいだね」

「交通機関が全然回復していないので、難しいです。すみません、お世話になっちゃって」

「別に私がお世話してるわけじゃないし……いや、帰れって言いに来たわけじゃなくてね、あのさ、香山くん。ここで仕事をしてみる気、ない？」

「仕事、ですか」

「私が朝、働いてるところの牛屋さんが、電気が止まって以来人手が足りなくて大変でさ。手伝ってくれないかな」

「牛屋さん……酪農家さんっていうと、搾乳とか牛舎の掃除とか、ですか。そんなのド素人がいきなりできるものなんですか？」

「大丈夫大丈夫。酪農ヘルパー協同組合に行ったらちゃんと教えてくれるから」

関さんいわく、非常用電源を持っていない酪農家さんがいるとのことで、今ヘルパー組合に行けばほぼ間違いなくその人のところに配属されるという。

募集要項の紙を見せてもらった。毎日八時間ほどの仕事で月給十六万円から十八万円ほど。しばらく働けば、陸路で東京へ戻るだけの金額は充分稼げそうだ。

要普通免許という項目が気になる。大丈夫なのだろうか。

「うーん、それは職場に通う足として書いてあるだけだと思うよ。それじゃ、大サービス。ここから牧場までは毎朝、車で送ってあげるよ」

ヘルパー組合は隣町の小清水町にあるとのことで、車で連れて行ってもらった。面接を受けるとすぐに採用された。提出した履歴書をほとんど見もせずに、翌日から働いてほしいとのこと。よっぽどの人手不足なのだろう。

作業着が必要だと言われたので、ホームセンターまで送ってもらった。ここからなら歩いて帰れる。礼を言って、降ろしてもらう。

車の窓を開けて、関さんが言った。

「それじゃあ、平日の朝四時に避難所の駐車場に迎えに来るからね。よろしく！」

「あ、はい。よろしくお願いします」

客のいないホームセンターの駐車場に自分一人を残して、車は去って行った。

……って、朝四時!?

都会でフレックスタイム制で働いていたプログラマーにとって、早朝は活動時間ともっとも程遠い。

初日から寝坊したらシャレにならない。緊張しすぎて眠りが浅く、避難所にいる早起きの老人たちの物音で目が覚めた。いまいち眠れた気がしない。

作業着で外に出ると、関さんの車が約束通り駐車場に停まっていた。

これから働くことになる牧場も昨日のヘルパー組合と同じで、小清水町にあるそうだ。

運転している彼女の横顔を、なんとなく見てみた。まったく眠そうな顔をしていない。

「関さんって、ペンションだけじゃなくて牧場でも働いてるんですか？」

「どちらも毎日ってわけじゃないよ。好きな時間に写真を撮るためには、シフト制の仕事のほうが都合がいいし」

「働き者ですね」

「旅行費を稼がないと、次に行きたいところに行けないからね」

関さんは自分のバイクに乗って、実家のある神奈川県からはるばる陸路でやってきたそうだ。太平洋側をずっと走って青森県の大間港からフェリーで函館に入り、道南側をぐるっと半周してきたのだ、という。

「あれ？　バイクで来たってことは、この車は？」

「牧場から貸してもらってる。あそこのおじさんには本当に良くしてもらってるんだ」

「車、買わないんですか？」

「道内をできるだけ身軽に動きたいから。……まあ、こんなことになっちゃって、次に行きたいところも何も無くなっちゃったけどね」

「……ひょっとして、カメラのバッテリーですか」

「うん。停電が回復しない限り、結構厳しそう」

「本州との連絡って、まだ取れないんでしょうかね。うちは実家に出来のいい弟がいるので家族のことはそれほど心配してないですけど、ここまで連絡手段が無いと流石にちょっと不安で。関さんは実家には帰らないんですか？」

「……まあ、まだ本州に渡れるかどうかもわかんないし、ね」

気のせいか、今日の彼女はいつもよりテンションが低いように思える。

しばらく車内が沈黙した。

「香山くんってさ」

「なんですか？」

「帰りたい、とか実家はどうだ、とかって口では言ってるのに、その割には昼間からゴロゴロしてさ。みっともなくない？　そういうの」

意外なことを言われた。テンションが低いのではなく、実は単純に見限られていたのだろうか。

「帰りたいならすぐに行けばいいのに」

「だって、帰りようがないじゃないですか。飛行機も列車も全部止まってるわけで」

「バスは？　路線バスを乗り継げば」

「いや、そもそもそんなに手持ちのお金が無いんですよ」

「そっか。それならまずは稼がなくちゃね。さ、もう着くよ」

舗装されていない私道に入ると、朝もやの中から牛舎が現れた。中には何人かの人影が見える。

「近所の農家の人にも手伝ってもらっているんだけど、それでも人手が全然足りなくてね。いやあ、助かるよ」

牧場主の北峰さんは忙しい中、丁寧に仕事を教えてくれた。

朝六時から牛舎の掃除。七時には餌やり。九時からは乳頭を消毒して、一頭一頭手で搾るというスケジュール。

「牧場ってこんな大人数でやってるんですね」

仕事を教わりながら、聞いた。

「いや、今だけだよ。いつもは二、三人。停電以前はミルカーという機械を使ってほぼ自動で搾っていたから。これでも全然人手が足りないんだ」

一頭あたり三十キログラム以上搾乳するから、それだけで作業時間は三十分以上。それが牧場全体で三十五頭分。これでも牧場としては小規模らしい。

結局作業が少し遅れて、昼休みの時間に被ってしまった。

牛舎の入り口を通って外に出ようとすると、北峰さんが排水口に牛乳缶を傾けている。

一瞬、目を疑った。

「あの、まさかそれ」

「うん。捨ててる」

目も合わせずに、排水溝にドボドボと吸い込まれる牛乳をじっと見つめながら、北峰さんが言った。

「だって、なんで」

なんて言っていいかわからず、言葉が継げなくなってしまった。

「搾っても工場も稼働してないし、このバルククーラー……冷蔵に使う設備も電気がないと動かないからね。仕方ないんだよ」

淡々とそう言って、そばにある機械を手の甲でコン、と叩いた。中に何も入っていない、空洞の音がした。

「じゃあ今日、僕たちがやっている仕事って」

「意味がない、とは思わないでおくれよ。毎日搾らないと乳房炎になってしまうんだ」

思わず絶句してしまった。商売にならないのに搾乳だけは毎日しないといけないのか。

「どこかに貯めておけないんですか」

「毎日、一トン近く出る生ものだからね。無理なんだよ」

「バターとかチーズにすることは？」

「もともとこの辺で搾っている牛乳はバターとか生クリーム用だよ。パック詰めの牛乳になるのは、もうちょっと南の別海町《べっかい》とかの牛乳でね。停電で加工工場が完全に止まっちゃってるから、今いくら搾ってもなんにもならないのさ。今までも国からの生産調整で何回も捨てたことがあるし、良くも悪くも慣れてるよ」

口ではそう言っているけど、生産者である北峰さんの気持ちはいかばかりか、想像するに余りある。

「保険とか、ないんですか」

「災害で死んだ牛が出た場合の保険はあるのだけどなあ。農協に行って聞いてみたら、今回のケースは保険には該当しないと言われちゃったよ」

北峰さんは空のペットボトルを差し出した。

「まあ、せめて自分の飲む分だけでも持って帰っておくれよ。そうすれば少しはキミも搾りがいがあるというものだろう？」


昼食後の休憩時間。休憩室で雑魚寝して、天井を見ながら考える。

牧場からすれば、人手が足りないのに、雇っても一方的に人件費だけが出ていく状態。それも、現時点でいつそこから回復するかの目処《めど》すらついていない。

生産調整の時は、たぶん国からの保証があったのだろう。でも、今回のケースでは？災害でも伝染病でもない、起こっていることはある意味「ただの」停電だ。おそらくどんな保険にも適合しないんじゃないか、と思う。

終わりの見えない消耗戦。バイト代をもらうことが辛くなるのは初めてだ。何か自分にできることはないだろうか。


「それで、お話というのは？」

ペンション「しれとこびと」のカウンター席。佐藤課長は食事が運ばれてくる前に、向こうから聞いてきた。

いろいろと忙しいのかもしれない。とりあえず話してしまうことにする。

「女満別に行った時のこと、覚えてますか？　確か高山さんが言ってましたよね。飛行機が飛べなくなって行き場のない旅行者がたくさんいるって」

「ああ、確か町内の宿泊施設に泊めてるとか」

「その旅行者たちって、今はどうしてるんでしょうか」

「わからないですけど、飛行機が飛んでない以上は帰る手段が無さそうですね。でもそのままホテルに連泊はしてないんじゃないですかね。香山さんと同じように、避難所に行ってるのではないかと」

「ホテル代だって掛かりますしね。そこで佐藤さんにお願いがあるのですけど、女満別の高山さん経由で避難所の彼らにコンタクトを取ること、できませんか？」

「いいですけど、何を始める気です？」

「働いてもらおうかと」

考えたのはこうだ。停電のせいで人力の作業が必要となり、人手不足になっている酪農などの仕事。そこに、滞在費が日に日に減っていって危機感を抱いているであろう旅行者をマッチングする。

酪農ヘルパーの募集はハローワークにも出しているそうだ。だがオンライン検索が使えない以上、求職者は網走にあるハローワークまで直に行かないと情報がわからない。そこもネックとなり、現在は人手不足が続いている。

旅行者は、そもそもここで働くという選択肢が頭にないので、求職活動をしていない。でも、仕事をせずに旅行先に滞在を続けている限り、徐々に手持ちの現金は目減りしていく。銀行に行ってもお金は下ろせず、当然のようにクレジットカードも使えない。

現時点で一番お金に困っているのは実は旅行者なのではないだろうか。

要するにまあ、自分自身にここ最近起こったことをスケールアップさせただけなのだが。

「仕事内容的には大丈夫なんですか？」

「今日、酪農ヘルパー協同組合と牧場の人に確認しました。今までも中国人研修生に住み込みで働いてもらっていたこともあったし、教えるのは慣れているそうです」

「なるほど……」

佐藤課長は少し考えてから言った。

「避難所まで案内するのはいいですが」

「はい」

「外国人が日本で仕事をする場合、観光ビザではできませんよ」

「あ！」

そうだ、その問題があった。エラいことを忘れていた。

「入管法ではたとえボランティアでも無償労働としての扱いで、厳密に言うと違反です。香山さんはブローカーになる覚悟がありますか」

「……ぐうの根も出ませんです」

水を一口飲んでから、佐藤課長は続ける。

「脅かしすぎちゃいましたかね。まあ、ものは言いようでしてね。例えば旅行先の国の寄宿している家で家事手伝いをしたとして、それをボランティアとか無償労働と呼ぶかは言い方の違いにすぎないわけです。つまり、無償であれば実際の内容はブラックボックス、グレーゾーンとして処理できるかもしれません。他には、例えば宿泊費を一円とかにしてもいい。どんな形であれ、仕事をしているという形態を取らなければ逃げ道はあると思いますよ。あ、これ、私が言ったってことは内緒でお願いしますね」

「つまり、仕事という扱いじゃなければ可能かもしれない、と」

「そういうことです」

無償かあ。それじゃあ誰も話に乗ってこないのではないだろうか。避難所に居れば公費で食事と宿泊はできているわけで。うーん、望み薄だ。

「あと、もうひとつ」

「はい」

「誰が彼らと交渉するんです？　私、英語はできませんよ」

「あ」

自分も、英語は技術系の用語ぐらいしかわからない。

「へえ、もしボランティアで働いてくれる人がいれば、すごくいい話じゃない。一緒に行って説明してあげるよ」

それまでの話をカウンターの向こうで聞いていた関さんが言った。彼女は米国への短期留学の経験があり、日常会話レベルの英語は話せるのだそうだ。

「じゃあ明日、役場の防災無線で高山さんにアポ取っておきます」

「女満別に行く日程が決まったら、教えてね」

翌々日、佐藤課長たちと女満別町役場を訪れて事情を話し、まずは避難所に案内してもらった。

あの日女満別空港にダイバートしたのは、ホノルル発成田行き、サンフランシスコ発羽田行、香港発新千歳行、台北発新千歳行の四機。搭乗客のほぼ全員が、思った通り帰宅（帰国）困難者になっていた。

一部の人はジリ貧状態に耐えかねてとりあえず札幌にバスで向かったそうだ。でも、まだほとんどの人は空港の近くにある道の駅の避難所に今も残っていた。

佐藤課長からも高山さんからも、この件は役場の公式の紹介というわけではないということをちゃんと伝えてくれ、と念を押された。関さんにそこは伝えてもらったので、後は純粋に待遇との兼ね合いと、それぞれの人の意志次第になる。

ここにじっとしていれば食事も泊まるところも提供される。そんな中で無償の仕事なんて、どれだけの人がやってくれることか。詳細を書いた用紙を全員に手渡し、自分の説明を関さんが翻訳してくれている間、ヒヤヒヤしていた。

ざわめく室内で、年配の男性が声をあげた。それを聞いた関さんが顔を曇らせて、自分に耳打ちした。

「帰国もできずに困っている外国人をタダで働かせようってのか、だって」

やっぱりそう思われてしまったか。強制的なものではないことは説明したつもりだったのだけど。

深呼吸して、腹を決めて、言った。

「まず、僕は牧場の関係者ではなく、ただの手伝いです。電気が無くてどうしようもなく大変な思いをしている牧場の人たちを見て、少しでも役に立ちたくて、今回のお願いを考えました」

たくさんの目が、自分を見ている。人前で話すことには慣れていない。でも、なんとか緊張せずに、自分の思いを素直に伝えてみよう。

「今、牛乳をいくら搾っても商品にはできず、牧場は一銭の利益にもなりません。それでも搾らないといけないんです。災害の前で困っている人という意味で、あなた方旅行者も、牧場の人も、僕も一緒です。もし今、気持ちと力が余っていれば、それを貸して欲しいんです。お願いします」

少しの静寂の後、話を厳しい顔で聞いていたあの年配の男性が関さんを呼び、名前を書いてくれた。

それを皮切りに、結果的には結構な人数が参加してくれた。頼んだ自分が驚くぐらいの率だ。

「みんな、何かをしたいんだよ、きっと」

帰りの車の中で、関さんが言った言葉が印象に残った。

仕事をする人が増えて、ようやく人手が足りるようになった。今日、北峰さんは午後から車でどこかに出かけて、仕事の終わる夕方ごろに戻ってきた。

最後まで作業をしていた人たちで食事を作り、牧場の全員が集まって夕食を取る。

「みんな、ありがとうねえ。本当に。キミたちのおかげでなんとかやれてるんだ」

「今日もお疲れ様です」みんなで挨拶をして、食べ始めた。

「で、診察結果はどうだったの？」

奥さんが言った。北峰さん、病院に行っていたのか。

「ああ、診察はしてくれたんだけどね。やっぱり今日もまだ、薬がないってさ」

「どこか悪いんですか？」

「ああ、俺、子供のころに注射針でB型肝炎を喰らっちゃってね。定期的に診てもらってるんだよ。B型肝炎の薬は海外からの輸入品だから、しばらく入らないかも、って言ってたなあ」

「それ、無いとどうなっちゃうんですか」

「今すぐどうこうってわけじゃないけど……ずっと続くと肝硬変とか、最悪、がんになるかな」

「大変じゃないですか！」

「まあ、なんとかなるっしょ」

思わず、食事の箸が止まる。なんとかなるっしょって……ならなかったらどうするんだ。

北峰さんはあまり不安な様子も見せず、仕事の話を続ける。

「薬もそうだけど、もし海外から配合飼料が入ってこなくなると乳の脂肪分も上がらないだろうし、困ったもんだなあ。はっはっは」

「あれもほとんど輸入品だものねえ」

奥さんもあまり気にしていないように見える。

「あの、話を戻すようで悪いんですけど、薬の件、まずくないですか。万が一ずっと入荷しなかったら」

「そのうち流通も回復するんじゃないかなあ。うちは仕事柄、遠くの病院に行く時間はなかなか取れないんだよ」

「だって、命がかかってるのに」

「これも元はといえば太陽嵐のせい、か。でも、自然現象に文句を言っても始まらないからねえ。お天道さんが機嫌を直すまでは、耐えるしかないよね」

それきり、みんな黙ってしまった。電気のない薄暗い食卓で、黙々と食事をする。

理不尽に、慣れている。そんな印象を受けた。

天災は容赦なく、残酷な現実だけを突きつける。自然が相手の第一次産業は、たとえ天災が無くとも毎年の天候に左右されやすい。時には自分の力ではどうにもならないことが起こる。

起こってしまったことに淡々と対処し、最善を尽くす。今できることはそれだけ、ということなのだろう。

食卓の片隅にいる関さんは何も言わず、下を向いて食事をしていた。

最近彼女が不機嫌だった理由って、これを知っていたからなんじゃないか？

自由に動きたくても、動けない人がいる。じゃあ、今の自分は？　本当に動けないか？

「……やっぱり僕、東京に帰ります」

唐突な発言に、食卓の全員が自分を見た。

「お医者さんに、紹介状を書いてもらって下さい。薬を、手に入れてきます」


帰り道の車の中。関さんはしばらく何も言わなかったが、やがて口を開いた。

「そこまでやってもらうのは悪いから、って言われたんだ」

「え？」

「北峰さんは、自分の病気なんてまだ大したことないから、って言っててさ。奥さんは北峰さんの病気のことすっごく心配してて、私も一緒に説得して欲しかったみたい。でも北峰さんは、今は仕事から手が離せないし、自分の薬はまだ時間的猶予があるから大丈夫、って。私が薬を探しに行くって言っても、断るの」

のんびりしているように見えたあの奥さんが、そこまで心配していたとは気付かなかった。自分の洞察力の無さが情けない。

運転中の彼女が、前を見たまま言った。

「香山くん、ありがと。キミが今日、行くって言ってくれて、助かった」

「いやあ、自分はもともと東京に戻るつもりでしたから。物流が回復したらすぐに、薬を郵送します」

「北峰さんも、内心ではホッとしてると思うよ」

やっと少しは何かの役に立てたのだろうか。関さんと久々に打ち解けられた気がする。

避難所に帰ると、会社から手紙が届いていた。ダメ元で送ったのだが、ちゃんと届いたらしい。ということは、本州との運送ルートが再開したのだろうか。

読むと、社長の手書きのクセ字で、釧路から東京への航路のことが書いてあった。

自分が調べた限りでは北海道から本州への船を使ったルートは苫小牧、小樽、函館以外には無いはずだ。でも、社長が言うのだからたぶん間違いないのだろう。

手紙を読んでいくと、驚いたことに、荷物が激減して遊んでいる貨物船を客船として使うという話が進んでいるという。

釧路港から貨物船で東京へ？　ちょっと想像がつかない。

待てば海路の日和あり、なのか？　ここにきて、状況は少しずつ改善しているのかもしれない。

車で半日もあれば釧路には行ける。ただ、また誰かに送ってもらうと一日仕事になるわけで、ちょっと申し訳ない。

あまり越川さんや関さんに何回もお世話になりたくないが、他に頼れるところがないのも確かだ。とりあえず相談してみよう。

しれとこびとに行く途中にあった踏切の脇の空き地に、小さな小屋が見える。こんなバラック、あったかな。

ちょうど踏切に近づいた時、遮断器の音が小屋に据えられたメガホンから鳴りはじめ、中から人が二人出てきた。

ふたりとも結構な年のお爺さんだ。手に工事現場で使う誘導灯ライトを持っている。

二人は工事現場などでよく使われているバリケードを少し重そうに持ち、踏切の前に並べ始めた。バリケードには「列車が通過するまでお待ち下さい」と書かれていた。

列車？　本当に？

踏切前でしばらく待っていると、一人が誘導灯ライトを手旗に持ち替えて、線路の先に向かって振り始める。

しばらくすると田舎特有のパンタグラフのない気動車が、まるで路面電車のような遅めのスピードで通過していった。

お爺さんたちがバリケードを片付けると、軽く渋滞していた車が次々と踏切を通り始める。

小屋に戻るところを待って、声を掛けた。

「鉄道、復活したんですね」

「ああ、見ての通りです。今日からようやく」

小屋の中には時刻表が貼ってあった。使えなくなった踏切の代わりに、時刻表通りのスケジュールで数分間踏切の交通をストップさせている、というわけなのだろう。

お爺さんたちは、昔もこういう踏切番という仕事をやっていたそうだ。なんでも、以前は手巻きのハンドルで遮断機を降ろしていたらしい。

「いまさらこの歳で昔の仕事に復帰することになるとは、人生何があるかわからないもんだな」

「今回はハンドルが無いから二人がかりだけどね」

自分は世代的に知らないけれども、昔の踏切番は結構孤独な仕事だったのではないだろうか。

まずは日中のみの減速運転での再開だそうだ。

とにかく、これで北見から網走、斜里を通り、釧路に繋がる釧網本線が復活したわけだ。

とうとう東京へのルートは繋がった。

あとは、旅費だ。

「え、私、この前普通に下ろせたよ」

いつものように朝、牧場へ向かう車の中で、関さんが言った。

「そりゃあ地元の信金や信組への貯金ぐらいなら大丈夫でしょうけど。銀行間のオンライン取引が回復してないから都市銀行にある自分の貯金は下ろしようがなくて」

「でも私も、前にいた神奈川の銀行の口座からだよ。下ろすのに時間は掛かったけどさ」

「え」

昼休みに銀行に行ってみた。駐車場の片隅に、以前にはなかったソーラーパネルが設置されている。

窓口の人に話を聞いてみると、確かに他系列の銀行同士でも現金の引き出しができるという。

自分の場合は彼女と違い、短期の旅行のつもりでいたために通帳は持って来ていなかった。キャッシュカードだけで大丈夫なのだろうか。

窓口の人はリーダーにカードを通してから本人に暗証番号を入力させるという、停電前と同じような作業をさせた。

以前ならおそらくその場でホストコンピューターへの接続が行われてカードが認証され、現金を即下ろすことができたのだろう。

今回の場合、認証部分は物理的なパケットになっていた。

パケット、つまり小包だ。具体的には、認証情報を暗号化してSDカードに入れ、一日に一度、目的の銀行に郵送するそうだ。

書き込むデータの安全な暗号化や銀行間の共通作業ルールの整備に時間がかかり、違う銀行間での取引ができるようになったのはつい最近のことらしい。

申請から下ろすまで最短で五日以上かかるというスローモーな仕組みではあるが、これでなんとか自分の口座からお金が下ろせるようになった。これも郵送網や運送網が復活したことの恩恵だ。

停電の発生から約一ヶ月。世の中はわずかずつ、だけど確実に動いていた。

三日前には避難所に「公衆電話」が設置された。

通信網が回復したわけではないので、実のところこれは電話ではない。各拠点に設置された防災無線やアマチュア無線を使って、免許を持った人がいわば「交換手」として会話を取り次ぐ仕組みが自然発生的にできたのだ。

時間を決めた上で、それぞれが交換手を通じてようやく話せるという、携帯電話どころか自宅の固定電話にも劣る使い勝手ではあった。それでも、直接足を伸ばさなくてもある程度遠方のことがわかるようになったのは大きな進展だ。

「公衆電話」を使って釧路市役所に確認したところ、釧路、東京間の航路を一般人が使えるようになるのは今月、七月の末頃からだそうだ。

来月、八月の頭に、東京に出発することを決めた。

避難所のロビーで社長宛の二通目の手紙を書いていると、外から笛や太鼓の音が聞こえてきた。ロビーに貼ってあったポスターによると七月末にねぶた祭りがあるそうで、本番に備えて練習をしているようだ。ここ最近は毎日のように、夕方になるとこのねぶた囃子が聞こえる。

そういえば停電の初日に役場に行った時、ロビーに小型のねぶた行灯が飾ってあった。斜里町の友好都市が青森県の弘前市なので、友好の象徴として置いてあるだけだと思ったのだが、どうやらここでも結構大掛かりなねぶた祭りをやるらしい。もう三十年以上続いているそうだ。

牧場での仕事の最終日。毎日牧場まで車で送ってくれたお礼がてら、関さんを祭りに誘ってみた。

「りんご飴、売ってるかな」

祭りのことを説明すると、彼女は少し考えてからポツリと言った。

「好きなんですか？」

「あれ、絵になるっていうか、写真映えするじゃん。祭りに行った時には必ず撮ってたんだ。なんとなく習慣で」

「意外と好みがかわいいんですね」

「意外とって何よ」

しまった。余計な一言を。

結構そういうこと、気にする人なのかな、と思ったが、彼女はあっさり笑って、言った。

「おごってくれるなら、行くよ」


七月も末になると、北海道も暑くなる。

祭りの当日は、街なかに浴衣姿の女の子をチラホラと見かけるようになった。関さんは普通にTシャツ姿でやってきた。浴衣は実家に置いたままだそうだ。そういえば彼女も旅行者だった。

ゆめホール知床の横にある駐車場が、しれとこ斜里ねぷたの出発地点だった。夕方になると巨大なあんどんがたくさん集まって、出陣式が開かれていた。

人の背丈の三倍ぐらいありそうな大太鼓。提灯を持ったおじさんたち。浴衣姿の家族連れ。金魚型の提灯を持った子どもたち。大きな太鼓を持った若者。町のゆるキャラの立体あんどん。

そして祭りの主役、三国志などの歴史絵巻が描かれた扇ねぷた。

大きさは巨大なものから子どもが作った小型のものまで様々だ。大きなものは、電線にぶつかるのではないかと思うぐらいのサイズだった。

「あんな大きなあんどん、どこにしまってたんだろ。紙でできているみたいだし、屋外には置いておけないよね」

関さんが不思議そうに言った。

「役場の裏の車庫だそうですよ。冬場には除雪車を入れているけど、今の季節は空いているから」

「へえ、そうなんだ」

「どうせ仕事が終わると暇だったし、ねぶたの練習場所がすぐ近くだったから、何回か見に行ってみたんです。なんでも聞いてください」

「じゃあさ。なんで知床でねぶたなの？」

しまった。そういえば肝心なところを知らない。

「ええと。友好都市だから、じゃないか、と……」

「なんか適当に言ってない？」

苦笑されてしまった。

その時、花火の音がした。出発時間、夜の七時だ。ねぶたが徐々に街に繰り出していく。

先陣を切る大太鼓の上にはサラシを巻いた女性が六人も乗って、長いバチを振り下ろして太鼓を叩いていた。

大きな扇ねぷたの上にも、人影が見える。ヤー！　ヤー！　ドー！　という、独特の威勢のいい掛け声と、太鼓の音と祭囃子が街に響く。

「いつもの年より人が多いぐらいかもなあ」と道沿いの誰かが話していた。

ねぷたと一緒に歩きながら、関さんと話す。

「停電のせいで街が暗かったから、こんなに灯りが多いとそれだけで華やかな気分になりますね」

「そういえばねぷたって、どうやって光ってるの？　ろうそく？」

「いえ。昔は知らないけど、今は電力ですね。土台のところに小さな出入り口があって一度中を覗かせてもらいましたけど、電球と発電機が入ってましたよ」

「発電機なんて、この状況でよく手に入ったね」

「やっぱり祭りぐらい派手にやりたいってことで、街のいろんな人が貴重な発電機を提供してくれてるんだそうです。自宅が停電になっても、どうせみんな祭りに出てるから問題ないんだ、って笑ってました」

いくつか屋台の出店があったが、残念ながらりんご飴は無かった。

通り沿いの道の駅に寄ると、「今年の弘前市物産展は中止です」という張り紙があった。やはり流通の滞りが影響しているのだろう。結局、商店街にあるケーキ屋が店先で売っていたクレープをおごった。

彼女が食べている間に、ふと思いつき、トイレに行くと言ってその場を離れて道沿いにあった写真屋さんに入った。目当てのものを見つけて、戻る。

「これ、あげます」

紙袋を開けて、彼女が驚く。

「えー？　使い捨てカメラ？　よく売ってたね、今時」

「これなら電気がなくても使えますよね」

「あはは。曲がりなりにもプロのフォトグラファーに、使い捨てカメラって」

また苦笑されてしまった。名案だと思ったのだけど。自分のやることはやっぱりいつもピントが外れているようだ。

ひとしきり笑った後、彼女はこっちを見て、言った。

「うん、ありがと。撮ってみる！」


道の駅の前でねぶたを見ていると、扇ねぶたの四隅に繋がれたロープをハチマキ姿の男性がそれぞれ持って回し始めた。

巨大なねぶたが高速で回転する。

「へえ、回るんだ、あれ」

「すごい迫力ですね」

ここが祭りの一番の見せ場なのだろう。鏡絵と見送り絵という、ねぶたの裏表に描かれている二つの絵柄がぐるんぐるんと目の前で入れ替わる。

ぼんやりと発光するねぶたに見とれていると、横からシャッターの音がした。

隣を見ると、小さな使い捨てカメラでねぶたを撮る彼女の横顔が、灯りに照らされている。あの赤いオーロラを見た時と同じ、真剣な顔。

「きれいだねー」

撮影しながら、そう言った。

きれいだ、と、あの日と同じことを思った。

あれから、一ヶ月半。どこか幻のようなこのねぶたの光を見ていると、あの日からあった様々なことがすべて夢だったんじゃないか、そんな気分になってくる。

「……関さん、ありがとうございました」

「ん？」

ファインダーから目を離し、彼女がこちらを見た。

「帰る前に、ちゃんとお礼を言っておきたかったんです」

「仕事に送ったお礼なら、クレープもらったし、それでいいよ」

そう言って、また前を向いて写真を撮り始める。

「いや、それだけじゃなくて。関さんに言われたことのお礼です」

「んー？　なんか言ったっけ」

「関さんは言い方はきつかったけど、言ってることは正しかったなって。実際腐ってましたから、自分は。活を入れてくれて助かりました」

「……ああ、あれ？　いや、別にそんなつもりで言ったわけじゃないんだけども」

もう一度、撮影の手を止めた彼女が、ピンと来ないという感じで頭に手をやっている。

「でも、あれで気合が入りました。そうは見えないかもしれないですけど」

「……まあ、最初はともかく、今はキミのこと、見直してるよ」

「あなたに会えて、良かったです」

率直な気持ちを言ったつもりだった。でも、彼女は意外なことに、面食らったような顔をしていた。

「……なに、もう。キミ、そんなキャラだったっけ？」

返事を少し迷っているようにも見えた関さんは、やがて自分に手を差し出した。

「私も、会えて良かったよ。またどこかで、会えるといいね！」

季節は夏本番、八月になった。

八月一日の朝一番に知床斜里駅から乗った列車は、午前十時には釧網線の終着駅である釧路駅に着いた。今日通過したり見たりした駅の中では一番大きな駅で、かなり年季の入った建物だ。

釧路は全体的に曇りや雨の日が多いという。この日もやはり今にも雨が降りそうな曇天で、少し肌寒さすら感じる。

船に乗る場所を確認して、駅前の大通りを海側に向かって歩いて行く。

ほとんどの店のシャッターが開いていない。停電の影響かと思ったが、どうも雰囲気的には以前から閉店しているように見えた。頭の上にのしかかるような雲も相まって、なんとなく暗い気分にさせられる。

背負った荷物の重みが少しつらくなってきたころ、釧路川が見えてきた。川沿いに歩いていくと、フェリー埠頭があるはず。

残念なことにいよいよ雨が降ってきたので、雨宿りがてら、近くにあった市場に入ってしまうことにした。幸いまだ出港予定時刻まではたっぷり時間がある。

建物に入って、少し驚いた。想像していたより遥かに活気がある。

観光客がほとんどいなくなった閑散とした内部を想像していたのだが、店内こそ多少暗いものの、ほぼすべての店がランプなどを点けて元気に商いをしている。利用しているのは、地元の人のように見えた。

いくつか魚の値札を見てみた。特に高くもなく安くもない。冷蔵できないためか、何度も値段を書き換えた跡がある。

電気が使えなくても魚の水揚げにはほとんど影響が出ない。停電ではむしろ水揚げ後の冷凍や冷蔵に支障が出ているわけで、迅速に販売できるこのような市場は良い場所なのだろう。

今の時間でこうなら、朝市の時間帯ではもっと混んでいたのかもしれない。あの寂しいシャッター街を通ってきただけに、人の活気が少しうれしかった。

雨の中、荷物から出した折りたたみ傘を拡げて川沿いを十分程度歩いていくと、かなり大型のフェリーでも入れそうな広々とした埠頭についた。今、停泊しているのは中型のコンテナ船。話通りであれば、この船が貨物の代わりに自分を東京まで乗せて行ってくれる。

まだ乗船手続きが始まっていなかったため、近くにあるという臨時フェリーターミナルに向かう。釧路市観光国際交流センターという建物が使われていた。

薄暗いロビーのイスには、自分と同じようなフライング気味の乗客が何人か座っている。出港予定時刻まで、パンフレットスタンドにあった釧路の観光案内や市勢要覧などを読んだ。

釧路市は道東最大の港であり工業都市、なのだそうだ。同じ道東でも網走や斜里と違い、オホーツク海ではなく太平洋に面しているため、本州との交易がしやすい立地なのだろう。現在はほとんどが商船または漁船の港で、たまに国内や海外から大型の旅客船やクルーズフェリーがやってくることがある。今回出港する場所も、そういう場合に使う港らしい。

出港時刻が近くなり、いつの間にか臨時ターミナル内はたくさんの乗客で溢れていた。三百人ぐらいはいるように見える。やがて受付の人から港へ行くように指示があった。

ぞろぞろと移動すると、さっき見たコンテナ船の横にタラップが横付けされていた。ひどくなってきた雨から逃げるように急いでタラップを上って、船上に出る。高いから眺めが良いかと思っていたのだが、左右に鉄の壁が続いていて進行方向と上しか見えない。このあたりはやはり無骨な貨物船だ。

船に乗る前には、貨物船では居住スペースが足りなくて客船としての利用は無理なのではないかと思っていた。

乗ってみて、謎が解けた。貨物かと思っていたコンテナはすべて、側面にドアと窓がついたコンテナハウスだったのだ。

手元のチケットに書いてあった部屋番号と、ハウスのドアに貼ってある番号を照合して中に入ると、マットが敷き詰めてあった。片側の壁際に、六枚の毛布と枕が並んでいる。

一室六人、いわゆるフェリーの二等室的な雑魚寝スタイルだ。結構な金額のチケットなのに、扱いはいまいちだと思う。

毛布の上には、AからFまでの記号が書かれた紙が乗っている。自分のチケットの部屋番号の末尾はEだったので、奥から二番目らしい。

荷物を置くとほぼ同時に外から話し声がして、同室の乗客が四人、入ってきた。全員が男性で、高齢者だった。

隣の布団の近くに荷物を下ろしたおじいさんと、少し話をした。

この人たちは先月、団体旅行で道東にやって来たのだそうだ。この部屋以外にも同じツアーの参加者が、分散しているらしい。やっぱり乗船者のほぼ全員が、帰宅困難者ということなのだろう。

「仲が良さそうですけど、お友達同士なんですか？」

「いや、ツアー中に知り合ったのさ。うちの家内は別の部屋にいるよ。この船は男女別に部屋が分かれるみたいだね」

「一ヶ月もツアーが続くと、知らない参加者同士でもすっかり気心知れちゃってなあ」

もう一人のおじいさんがそう言って笑ったが、この予想外の長旅にはきっといろいろと苦労もあっただろうと思う。

雑談をしていると、今度は若い船員が入ってきた。入り口に立って、室内の全員に向けて話し始める。

「航海士の甲斐と申します。よろしくお願いします」

制服の肩には、黒字に黄色い一本線のエンブレムが付いていていた。これはたしか三等航海士、だったっけ。

「本日はご乗船ありがとうございます。この船は本日午後三時半に釧路港を出港、翌々日午後一時に東京品川埠頭に入港の予定となっております」

手元の紙を見ながら、多少ぎこちなく説明をする。

「設備等についてですが、トイレとお風呂は船内にあります。このグループの入浴時間は明日の午後三時から、十分間です。食事は三食、各コンテナへお届けします。船内には発電設備がありますので、電気がご利用いただけます」

「ちょっといいかい？」

おじいさんの一人が話をさえぎった。

「今、風呂に入れるのは十分間って聞こえたのだけど、聞き間違えたかな」

船員は顔を曇らせて、言う。

「いえ、合っています。すみません。船内には充分な数の入浴設備がないので、各グループで時間を制限させていただいています」

「いや、そんな時間じゃあとても」

「本当に、申し訳ありません！」

苦情を勢いで鎮めるかのように頭を下げ、そのまま強引に他の説明をした後、船員はそのまま出ていってしまった。

その時、足元がわずかにゆらりと動いた。どうやら出航したようだ。汽笛のひとつも鳴らしていない。デッキか通路から港を見たかったなあと思ったが、もう遅い。

コンテナには窓があるとはいえ、船上にコンテナハウスが密集して載せられているので、あまり外光が入ってこなかった。ただ、部屋には照明が設置されていて、暗闇というわけではない。持ってきた本を読んだり、同室の人と雑談をして時間を潰した。

「この一ヶ月は、阿寒湖にいたんだ」

おじいさんが言う。阿寒湖は斜里と釧路の、大体中間地点にある湖だ。湖畔にある温泉街のほぼすべての湯は自噴泉で電力を必要としなかったため、普通にお風呂に入れたのだそうだ。

「ツアーコンダクターの人も会社に連絡が取れなくてどうしようもないみたいだったからみんなで避難所に行ったんだけど、結局そこも温泉街のホテルだったんだよな」

「新しい観光客が来るあてがあるならともかく、今の状況だと避難所として使ってもらったほうがマシ、ということなんだろうさ」

風呂のことで言うと、斜里も「しれとこびと」にある温泉を含め、すべてが自噴泉らしい。避難所からは町内に数ヵ所ある温泉施設に対して、定期バスが運行されていた。

しっかりお風呂に入れるおかげで、あまり避難民的な悲壮感がなく助かっていたのだと、今さらながら気付かされた。

夜の六時を過ぎたころ、航海士の甲斐さんが再び客室にやってきた。また何か伝達事項があるのかと思ったら、自分の隣のまだ乗客のいないスペースに来て、おもむろに私服に着替えはじめた。

「え、ひょっとして船員さんもここに泊まるんですか。船室は？」

思わず声を掛ける。

「この船の船室はすべて、今は一等室として使われているので……」

予想外の答えが返ってきた。

「公衆電話」でこの船を予約する時、一等個室はとんでもない金額だったので早々に諦めたことを思い出す。まさかあれが船員の部屋だったとは。

「それって、控えめに言っても待遇がひどくないですか？」

「……」

甲斐さんは、何も言わなかった。言わないというか、言えないという印象だ。なんだか申し訳ない気持ちになって、話題を無理やり変える。

「あー、えっと。ところで、この壁のやつって、なんですか？」

『急募　平成十四年七月以前に一級小型船舶操縦士資格を取得した者（高給保証）』

時計一つ設置されていない殺風景な室内の壁に一枚だけ大きな手書きの張り紙があり、気になっていたのだ。

甲斐さんは少し考えてから、話し始めた。

「この船を次の寄港先の国までもう一度航海できるようにするために、こうやって人材を探しているんですよ」

「というと？」

「GPSが使えなくなったことはご存じですよね」

「はい」

「あの日、釜山を出港して釧路港に入港する予定だったこのコンテナ船は、突然目視とレーダーのみでの航海を余儀なくされたんです」

「ああ、ここでも飛行機と同じようなことが起こっていたんですね」

「はい。そして、現在地がわからなくなったこの船では、遠洋航海が難しい。陸地の見えない海上では、天測航法に頼るしかありません」

「あの……天測航法とは？」

「ああ、すみません。GPSなどの現代の観測機器が普及する前に使われていたもので、最近の航海では、ほぼ使われていない測位方法です。六分儀という機器を使ってその時々の星の位置から現在地や方向を推定するのですが……ちょっと実物を見てみますか？」

甲斐さんはそう言って、船員の休憩所まで案内してくれた。そこにあった木箱を開けると、振り子と望遠鏡を複雑に組み合わせたような、独特の形をした器具が収められていた。

「これが六分儀、ですか」

「本来、もうこれは船内の法定備品ではないんです。ただこの船の場合、古い船体だったことが幸いして、棚の中でお飾りになっていました。あの日はこれを使って本とにらめっこしながらなんとか測位し、ようやく釧路港までたどり着きました」

「あ、ひょっとしてあの張り紙って」

「はい。今の問題は、天測航法の使える人材の不足なんです。海技士の試験では、天測航法を覚える必要があるのですが、なにしろ普段はまず使わないスキルなので」

「でもなんで募集条件が小型船舶操縦士なんです？　どう見ても中型以上ですよね、この船って」

「ヨットで外洋に乗り出す人は、日常的に天測航法を使います。一級小型船舶操縦士はその資格なんです。乗員としての資格というよりは、船上で天測を的確にチェックできる人材を補助的に確保したい、という目的でして。最近の一級小型船舶操縦士の試験には、天測に関しての問題はないんです。これも時代ですね」

その「時代」が、まさか中世レベルまで巻き戻るとは誰も思わなかっただろう。

翌日は、快晴だった。

コンテナの中が恐ろしく暑くなってきて窓を開けても大して変わらないので、同室の人も含めた乗客全員がコンテナの外に出て、日中の暑さをしのいでいた。

「なんか、密航者みたいだよなあ。コンテナに詰め込まれてさ」

「弁当だってひどいもんだよね。結局ただのパンだもの」

同室の人たちが愚痴っている。所在なさげな人があちこちに座っているコンテナの密林を抜けて船の縁に出ると、太平洋が見えた。

近寄ってみて、足がすくんだ。ロープを数本、船のへりに沿って結んでいるだけで、真下はいきなり海だ。フェンスも何もない。

思わず、後ずさる。普段はコンテナを遥か上まで何段も積み上げて運送しているので、こんなところを人が歩くことはあまりないのだろう。

客がまるっきり貨物扱いだ。いろいろと荒っぽい。

指定されていた午後三時に風呂に行ってみたが、やはり混んでいて全く使えなかった。二人しか使えない風呂を、三百人はいるであろう乗客全員で使うのだから、当たり前だ。

よくこんな短期間で貨物船を客船に仕上げたものだ、とは思う。でも結局は貨物船だ。居住スペースや生活に必要なものの数が乗務員分しか用意されていないわけで、圧倒的に足りていないのだろう。

風呂を諦めて帰る途中、甲斐さんが甲板の隅で、床に銀色のペンキを塗っていた。

「へえ、航海中に塗装するものなんですか」

思わず話しかけると、甲斐さんが顔を上げて自分に気付いた。

「ああ、どうも。これは錆打ちといって、錆止めの塗料を塗る仕事なんです。船体は潮風で傷むので」

「なるほど。お疲れ様です。客船になって、いろいろと仕事が増えたんでしょう？　大変ですね」

「いやあ、人を運ぶのは荷物が勝手に載ってきてくれるようなものなので、いつもより楽ですよ」

甲斐さんはそう言って、少し笑った。自分の腕時計を確かめて、言う。

「中で少し、涼みましょうか」

船内は甲板より涼しいことを見つけた乗客が流れ込み、かなり混雑してきた。冷水機で久々に冷たい水を飲み、一息つく。

「船に知らない人がたくさん乗っているのは、落ち着かないものですね」

狭い船内にひしめく乗客を見て、甲斐さんが言った。

「どうしてコンテナ船を旅客船として使うなんてことになったんです？」

「上からの指示です。停電で全国の工場が止まって貨物が激減している今の状況は、海運業界にとって死活問題ですから」

「やっぱりここも大変だったんですね」

「この船はあの日以降、停電でしばらく釧路港に足止めを食いましたが、目視とレーダーを使って陸地沿いに進み、数日掛けて東京港に行きました。ですが、今度は港湾設備の電力不足でさらにしばらく待たされて。ようやく港に入ると、支社長が埠頭で腕組みをして待ち構えてました」

「なんですか、そりゃ」

「支社長の後ろにはコンテナハウスが五十個、置いてありました。うちの会社は停電の発生後すぐに、同業他社を巻き込んで国へのロビイングを強めて、かなり強引に旅客事業免許を短期で取得していたそうで」

「はー、なんとも機を見るに敏というか、商魂たくましい話ですね」

「旅客船として設備に無理があるということは、船員の総意として会社に伝えたのですけどね……」

甲斐さんは少し先を言い淀んだが、続けた。

「日本支社長からは、コンテナを多段積みしていないだけまだ良心的だろう？　と言われました。コンテナ船で貨物を積む場合、本来は船上に五段ぐらい積んで運ぶんで、輸送能力としては確かに今の五倍は積めます。けど」

「でもそれじゃあ、上段のコンテナハウスに詰め込まれた人は外に出られなくなりませんか？」

「そうなんですよ。コンテナ内に三日間監禁でもしない限り、多段積みは不可能なんです」

今日の甲板の上は航行中にしては風も弱く、コンテナには猛烈な直射日光が当たっている。

「この暑さでそんなことをやったら、死人が出ますね。きっと。……いっそ、冷蔵用コンテナを稼働させるってのはどうです？」

「そんなところに泊まったら、それはそれで死んじゃいますよ」

冗談で言ったつもりだったが、伝わらなかったようだ。

「会社はともかく、少なくとも甲斐さんは誠実な人だと思います」

「私ですか？　普通ですよ」

「なんか船員さんって、荒くれ者のイメージがありまして」

「あはは、海賊じゃないんですから。今の大型船の船員に必要なのは協調性ですよ」

やっと影のない笑顔を見せて、甲斐さんは言った。

「まあ、ともあれ、おかげでなんとか東京に行けます。贅沢は言えません」

「会社は商売でやっているだけですけどね……。東京では他の海運会社も始めていますよ。港まで車で来た人をRO－RO船にそのまま乗せて」

「ろうろう船？」

「Ｒｏｌｌ－Ｏｎ・Ｒｏｌｌ－Ｏｆｆの略、です。あのタイプの船は船体後部が大きく開いて、車ごと難民を船に乗せて運べます」

「あ、いいですね、それ」

「泊まるのは結局トレーラーに載ったプレハブの中です。大して変わりませんよ」

「ああ、そっか。客室がない以上はそうなるんですね」

……というか、難民って。どんなことになってるんだろう、東京は。


出港から三日目の昼過ぎに、船は無事に東京湾に入った。

お台場が右手に見える。船上から眺めている限りは、あまり以前の東京と変わっていないように見える。湾岸の道にはいつものように自動車が走っていた。

品川埠頭に入港して船を降りると、たくさんのタクシーが待ち構えていた。電車が止まっているので、もとよりタクシーかバスか歩きしか選択肢がない。

タクシーに乗ってみると、渋滞で閉口した。ただでさえ信号が止まっているため交差点ごとに警察官や警備員の指示に従う必要があるのに、車の通行量が膨大だ。

「東京の交通量って、こんなに多かったでしたっけ」

運転手に聞いてみる。

「こんなに混むようになったのは、世界停電があってからですよ。電車が使えなくなったせいで、車を持っている人がどんどんマイカーで都心に来るようになっちゃって。今の時間でこれだから、朝なんてひどいもんです。バスなんて毎日満員状態で」

通勤客のほとんどがバスやマイカーに切り替えたのであれば、そりゃあ渋滞もするだろう。結局、東京の人の移動が限界ギリギリで設計されている、ということなのかもしれない。

「これでもまあ、ここ一週間ぐらいでかなり車は減ったような気がしますね」

渋谷の駅前でタクシーを降りた。会社の場所を説明するのが面倒だったし、少し歩いて今の東京を確認してみたかったのだ。

出発前には東京のうだるような暑さを想像していたが、思っていた程の気温ではないようだった。

港に降りた時は潮風で涼しく感じたのかと思っていた。でも、会社のある渋谷まで行っても体感気温は変わらない。都心のクーラーがすべて使えなくなっていることの影響が大きいのだろう。

人が少ないことも気持ち的に影響しているように思う。いつもは人でごった返しているスクランブル交差点に、今は世界停電前の三分の一ぐらいしか人がいないように見えた。

街は、以前より静かだ。ビルに設置された大型ディスプレイや電光掲示板、店頭のスピーカーから流れる宣伝などが一切ない。アイドリング中の車のエンジン音と、ハンディ型メガホンを手に交通誘導をしている警察官の声だけがやけに響く。

他には目立った大きな音はしなかった。行き交う人々に別にそんな気はないのだろうが、「粛々と」という言葉がなぜか頭に浮かぶ。

どこからか聞こえる、セミの声のほうが際立つぐらいだ。

渋谷駅の横を通り、道玄坂を歩いて約十分。つい一ヶ月前には毎日通っていた会社への道を行く。

木島社長と会う約束をした時間は余裕を持って決めていたつもりだったが、ギリギリになってしまった。

六階のオフィスに行こうとして、エレベーターが使えないことを思い出す。

そうか、階段しかないのか。一段上るごとにリュックの荷物が肩にずっしりと食い込み、全身から汗が吹き出した。ここ一ヶ月は高層建築物がない場所で暮らしていたので、こういう苦労を考えていなかった。

結局数分遅刻して、会社のフロアに着いた。ガラス張りで室内の仕切りがない、IT企業らしい小洒落たオフィスは、社員の増員を期にここに移転してからのものだ。入り口の自動ドアは開け放たれている。

オフィスはいつもより暗く、たくさんある机の上はすべてのものが片付けられてガランとしていた。人の気配を感じない。

「よう」

オフィスの一番奥の窓際から、声を掛けられた。

「よく帰ったな」

木島社長が窓に背を預けて、タバコを吸っている。

窓からは、代々木公園の緑と新宿のビル群が遠くに少し見えた。

「ここ、禁煙でしょう」

「どうせ誰もいないんだからいいだろ」

社長の席に近づいて、荷物を肩から下ろした。

「あ、これ、おみやげの野菜です」

「土産が野菜か。いや、実際助かるな。うん」

「お世話になった牧場の人がくれました」

「そっちはのどかなもんでいいねえ。こっちのスーパーは、もう半分闇市だ」

「はい？」

「あとで行ってみな。まあ、座れよ」

社長の机の前にあるソファに腰を下ろした。

「さて、話すことが山ほどあるな」

「ですね」

「茶、飲むか？」

「あ、ありがとうございます」

あらかじめ用意してあったのか、机の上にあったペットボトルのお茶を渡された。当たり前だが、冷えてはいない。

「今となっては買ったら一本千円。とっておきの高級茶だ。ありがたく飲めよー」

「ひょっとして、水も？」

「ああ。都内はほぼ全滅と言っていい。特にうちの会社みたいなビルやマンションの上の階は悲惨なもんだ。給水ポンプが停電で動かないからな」

「普段、どうしてるんです？」

「給水車が来るかと思ってしばらく待ってたんだが、被災者の人数が多すぎてとても手が回らないらしいな。今はコンビニの配送車が水を大量に運んでるから、みんなそれを買ってるよ。高いけどな」

「ラジオで少しは知ってたつもりですけど、想像以上に大変そうですね」

「お前さんのところはどうだったんだよ。水は」

「農家の人が、来運というところから出ている湧き水を避難所に届けてくれたので、初日から使えました。風呂は温泉への定期バスが出てましたし」

「かー！　温泉！　いいなあ。夢のようだね」

「え、まさかずっとお風呂入ってないんですか？」

「だっはっは。流石にそれはないわ」

思わず失礼なことを言ってしまった。木島社長とは創業時からの古い付き合いなので、年齢差はあるものの楽に物が言える。

「自宅の風呂は都市ガスが出なくて沸かせなくてな。近くの銭湯がライフライン優先施設になっているから、そこで風呂に入ってるよ」

ライフライン優先施設という言葉は、ラジオのニュースで聞き覚えがある。世界停電後の限られた電力リソースを使って、どのような施設や設備を復旧させるか。その優先順位を決めた国会決議だ。

第一優先施設は病院と消防、つまり人命に関わる緊急車両を持った設備。

第二優先施設は避難所、水道局、下水などのライフライン設備。

第三優先施設は放送局、公衆浴場、市場や港湾施設などの生活に必要な拠点施設。

全国の自治体はこの順番で、発電機などの電力リソースを割り振る。そういうルールだ。

だが一般人の所有する自家発電機を勝手に徴用するわけにもいかない。民間から有償で提供されたごく一部の発電機はあるものの、国の使える電力は常に逼迫《ひっぱく》していた。

社長が言うには、東京は水道や下水のポンプの数も桁違いで復旧がままならないそうだ。ガスも都市ガスの場合、電力を使って供給しているので、使えない。

つまり、一般家庭や企業が使うライフラインはいまだに一切復旧できていない。

「何処も同じ、ですね。停電のすぐ後はどんな感じだったんですか？」

「うちの熱帯魚が全滅した」

「はい？」

「温度調節ができなくてな。かわいそうに、暑すぎて死んじまったよ。冬まではなんとか持つんじゃないかと思ったんだがなあ」

「それはまあ、お悔やみ申し上げます」

「あの停電は夜だったろう？　交通事故があの程度で済んだのはむしろ幸運だったんじゃないか、と思ってるよ」

「不謹慎じゃないですか。確か都内の交差点だけでかなりの数の事故があったって、ニュースで聞きましたよ」

「程度の問題だよ。停電が夜に起きたのは相当幸運だったと思うぜ。夜だったからこそ、停電が起こったことが誰でも瞬時に理解できたわけだろ？」

しかも空には赤いオーロラ、か。確かに、誰でもギョッとしてスピードを緩める。

「あれが昼間だったら、停電に気付かずに信号のある交差点に突っ込んでいた車は多かっただろうよ。海外のラジオなんかを聞いてると、昼に喰らったアメリカあたりの都市は相当ひどいことになったそうだぜ」

「死亡事故はともかく、国内でも人身事故は増えたって話じゃないですか」

「まあ、暗いからな。おまえさんも夜の交差点には注意しろよ」

「当日の東京の状況って、どんな感じだったんですか？」

「そこまでのパニックは無かったぞ。結局はただの停電だからな」

ただの停電。ここ一ヶ月で何回も聞いた言葉だ。この言葉を聞くたびに、頭のなかで「されど停電」という言葉が頭をよぎる。

「今回の停電は深夜だったから、列車はそもそも動いてない。帰宅困難者は出なかったが、その代わり朝の渋滞がひどかったな。出社困難者とでも言うのかな、あれは。会社に連絡が付かないから休むわけにもいかず、みんなバスやらバイクやら自転車やら徒歩やらでぞろぞろと都心に向かって移動して、大渋滞が起きてたよ。俺はバイクだったんでまだマシだったけどな」

あっけらかんと言っている。

本人が言うほどどうってことない事態ではないような気がする。バスだって、都内の信号がすべて停止しているのだから、相当時間がかかったのではないだろうか。

「あと目立ったのはエレベーター内の閉じ込めだな。いきなり真っ暗な空間に閉じ込められて、携帯も使えない。相当怖かったらしいぜ」

「深夜とはいえ、東京だと結構な人数が使ってそうですね、エレベーター」

「うちの会社が六本木ヒルズの最上階とかに居を構えてなくて助かったよ。おかげでなんとか出社できる。毎日階段で五十階とか上がりたくないしな」

確かに、考えるだけでゾッとするものがある。

「生活はどうなんですか。今の」

「駅は見たか」

「人、少なかったですね」

「電車が一切動いてないからな。渋谷駅前はバスの待合所みたいなもんだ」

「鉄道もライフラインだと思うんですけど、電力は優先されていないんですか？」

「使用する電力が莫大すぎて無理らしい。俺も知らなかったが、首都圏のＪＲは自前で発電所まで持っているそうだ。もっとも、そのＪＲの変電所も今回のＣＭＥでやられちまったわけだが……」

自前の発電所まで持っているということは、それだけ電力を使うということだ。電車を動かそうとすると、病院や避難所などの他のライフラインが使えなくなるか、もしくはそもそも電力の絶対量が不足しているのだろう。

「まあそれ以前に、街が死んでるからな。都心に用がある人が少ないんだろうよ。都市部の高層ビルはエレベーター無しでは事実上使えないし、高層マンションの住人に至っては住むこともままならない。公式の統計はまだ出てないが、ここで暮らしていると都内の人口は相当減っているんじゃないかという実感がある」

「……この会社も？」

二人以外に誰もいない社内を見回して、言った。

「……ああ、サスペンド、一時機能停止状態だ」

「シャットダウンではないのですね」

「いずれ復活させる。必ずな。だがインターネットが復旧するまでどれだけ掛かるかわからない以上、仕事もない社員に給料を払い続ける余力はうちにはなかった」

社長から正式に、ＴｅｃｈＶｉｓｉｏｎ社員としての自分の今後について説明があった。

ＩＴ関係は数年間仕事にならないだろう。ここは休眠会社的な存在になる。希望すれば会社への在籍はそのまま。電気・通信が復活次第、業務を再開する。

会社が動いていないであろうことは着く前から薄々予想していたので、あまりショックはなかった。

「一時解散、ですか。そういうことは手紙でも教えてほしかったですね」

「俺は直接会って話したかった。天災が原因とは言え、手紙一つでお払い箱なんて流儀に反する」

「同僚のみんなはどうしてるんですか」

「ほとんどが疎開した」

「疎開？」

「生活が不便な都会から、田舎の実家や親族のもとに身を寄せたやつが多いな」

世界停電前にはおよそ考えられない話だ。だが仕事もライフラインも枯渇している今の東京では、それが真実なのだろう。

「別にゴジラが襲ってきたわけじゃないから、急いで逃げる必要はあまりない。疎開する準備が整った社員から徐々に辞めてった感じだ。俺としてもいきなりクビになんてしたくなかったからな。退職金と残りの給料を日割りで渡して、お疲れ様でしたってな。そんなことをあれから、毎日のようにやってたよ」

　窓の外の街が、少しずつ暮れていく。もともと暗かった室内がさらに暗くなってきて、窓に背を預けている社長の顔はよく見えなかった。

「停電初日はパニクってたが、なにしろできることが何もないからな。停電の長期化がわかったあたりからは、社内が徐々にお通夜みたいな空気になっていって辛かったわ」

タフなこの人が言うのだから、よっぽどだろう。

「そういえばひとつ、伝えないといけないことがあるんだった」

「なんでしょう」

「どうやら自分のプログラムに引け目を感じる必要なんてなかったらしいぜ、お前さんは」

「？」

「開発部のやつほぼ全員が、辞める前にお前さんのことを尊敬しているって言っていたんだよ。香山さんに会えないまま辞めることが残念です、って言ってたやつもいたな」

「嘘、でしょう？」

「なんでそんなところで嘘つかなきゃならねえんだよ。一人や二人じゃないぞ。システム開発部門の全員からそう聞いたんだよ。よくあれだけの規模のサイトをたったひとりで、とかゼロベースでオリジナルのシステムを作るなんて、とか」

「ソースコードの汚さとか、言ってませんでしたか？」

「お行儀の悪いコードではあるけど、一人で作っていたってことが信じられない、だそうだ。実際には尊敬されていたみたいだな」

それきり、社長は二本目のタバコを吸い始めて、しばらく何も話さなかった。

……どうやら自分の認識していた世界と、外からの評価は全然違っていたようだ。

ふと、昔読んだブログに書いてあった記事を思い出した。

ハッキングという言葉には本来、インターネット越しに他のコンピューターに侵入するというような、犯罪的な意味合いはないのだそうだ。その手の犯罪的な行為は、正式にはクラッキングと呼ぶ。

ならばハッキングとはどういう意味なのかというと、語源としては「オノでたたき切る」などの、大雑把な仕事という意味を含んでいる。

必要に応じて適切な技術を調達して課題を解決する。自分にはお行儀の良いプログラムは書けない。でも、そういう場当たり的な解決は数多くしてきた。

そこを、評価してくれていたということか。

「俺は逆に、もうちょっと早く開発に増援を出せってみんなに怒られたわ」

二本目のタバコを吸い終わった社長が、笑って言う。

優しい人たちに勝手に怯えて、自分で壁を作っていた。そういうわけか。

退社してしまったあとでは、もう彼らにお礼を言うこともできない。

申し訳ないような、うれしいような、報われたような。いろいろな気持ちが入り混じって、少し泣きそうになった。

社長に気付かれないように、話を続ける。

「……ですね。業績は悪くなかったのだから、もうちょっと早く人数を増やしてくれていても」

「うーん。でも、言うほど金持ってねえぞ、俺。今なんて特にな。みんなの退職金で、創業者利益なんて吹っ飛んじまった」

「この事務所って、これからどうするんですか」

「家賃を十分の一にまけるからそのまま借りてくれって大家からは言われたが、一人で使うにはあまりに大げさだ。来月には引き払うことになると思うわ」

「一人で使うって、これから何をするんですか」

「基本に戻って、一人のジャーナリストとして東京の様子を記録することにした。俺はバツイチだし、身軽だからな」

「記録って、何のために?」

「社会が再開するため、だ。IT、インフォメーションテクノロジーは確かに死んでるかもしれない。だがテクノロジーインフォメーション、つまり社会で使われている技術に関しての解説は、むしろ今まで以上に重要になると俺は踏んでる。技術は生活に直結しているからな」

そして社長は少し目を落としてから、言った。

「それと、以前書いた記事の落とし前だ」

「以前書いた記事って？」

「二〇一二年に起こった巨大な太陽嵐のニアミスの記事だ。数年前に俺が書いた。その手の記事を何回か書いてたの、読んでないか？」

読んだ覚えがない。システムの開発に精一杯で自社サイトの内容をあまり見ていなかったことに、いまさらながら気付く。

「うちの読者層は理系の技術屋が多いから、宇宙絡みの記事の人気は結構高いんだよ。まあ、もともと俺が興味があったから調べてたんだがな」

いつも前のめりな社長にしては珍しく、大きくため息をついた。

「俺は今、太陽嵐で人類文明が崩壊するかも？　なんてPV狙いのタイトルで、あの記事を面白おかしく書いたことを後悔してるよ。もしACE衛星の警報から一時間以内に発電所を強制停電させて、変電所まで電流が流れない状態にできれば、CMEの被害はずっと少なく済んでいたかもしれないんだ」

「そうなんですか？」

「結局現実には、政治家にも技術者にもそんな決断はできなかった。まあ、兆の金が吹っ飛ぶ決断だ。無理もない気もするがな」

社長は窓から見える夕暮れの東京の、明かりがほとんどないビル街を見ながら話を続ける。

「だが結果として、止めた場合とは比較にならないほどのひどい被害が出た。俺の記事で事前にもっと地に足がついた警告が発せられたら。社会の気構えと準備がちゃんとできていれば東京もこんな有様にならないで済んだかもしれない、と思うとな」

「別に社長のせいってわけではないでしょう」

「正確な知識を持った者には、それを伝える責任があると思うんだよ。あの記事ではこんなことを書いた。今後十年の間に巨大太陽嵐に襲われる確率は十二パーセント。八発弾を撃てば一回は当たるロシアンルーレットだ。……それでも、当たらないと思ってしまうんだよな。人間は」

十二パーセント。十分起こり得る数字だ。そう聞くと、たしかに今まで社会がこの災害に対してあまりにも何の対策もとっていなかったことに驚いてしまう。

「起こってしまったことは取り返しはつかないが、今の状況下で正しい情報を集めて生きるための知識を伝えることはできる。これが俺なりの落とし前だ。……おまえはどうする？」

そう問われて初めて、今まで東京に帰ることしか考えていなかったことに気付いた。会社に戻ればなんとかなるだろう、と甘く考えていた部分があった。

自分は、これから何をするべきなのだろう。

木島社長は答えを待たなかった。

「ここも暗くなってきたし、メシでも食いに行くか？」

足元にあったバッグに自分が渡したお土産の野菜を入れて、背負いながら言う。

「外食なんてやってるんですか？」

「近くのラーメン屋。あれ、まだやってるぞ。どこからかガスボンベ調達してきて」

「ああ、あの店長が中国人の」

「その店長が言ってたよ。そもそもうちの国では停電は珍しいことじゃない、停電ごときでがたがた言うな、とさ。思わず笑っちまったよ。タフだよなあいつら」

実際、先進国でも年間計一時間程度の停電はあるのが普通らしい。日本が比較的少ないだけなのだ、たぶん。

電気に依存しきっている先進国であればあるほど、都市であればあるほど、この災害の被害は甚大になるのだろう。もしかしたら、アフリカの奥地などでは停電があったことすら気付いていないかもしれない。

階段を二人で下りながら、聞く。

「そういえば他の国ってどうなってるんですかね。エラい静かですけど」

「この時とばかりにどこかの国が攻めてくるってか？　それも調べたよ。当日は各国の弾道ミサイル早期警戒システムもダウンした」

「大変じゃないですか、それ」

「そう、大変なので、先手を打った。宇宙天気情報センターからCMEに関わる情報が伝わった時点で、各国の首脳が最優先でホットラインでのコンタクトをとったそうだ。万が一の核ミサイルの誤射の回避、だな。最低限、それだけは手回しできた。でも、そこで時間切れだ。ホットラインも結局はただの電話だからな。CME以降は不通になってるだろう」

「じゃあ、その後は政府間でコンタクトできていないんですか」

「今は短波でやってる」

「え、短波って、ラジオの？」

「短波はラジオとは限らない。無線だよ。あれは地球の裏側ともやり取りできる代物だからな。最初はちょっと無線に詳しいやつなら誰でも国際間のやり取りを傍受できて面白かったが、最近暗号化されたようだな。変なノイズみたいな音しか出なくなった」

その話を聞いて、謎の短波ラジオ放送についての記事を以前読んだことを思い出した。ロシアから出ている、延々とブザー音を発するだけの謎の放送。あれも何かの暗号じゃないかと話題になっていた。それを今は各国同士の通信でやっているということか。

「じゃあ、とりあえず不穏な話は無し、ですか」

「軍事偵察衛星と軍事通信衛星は宇宙線対策が民間衛星よりしっかりしているから、一部生き残っているそうだぞ。ただ、ＧＰＳが使えるほどではないから戦闘機を飛ばすのはたぶん無理だな。一応、無線とレーダーは使えるようにしたらしい。レーダーは膨大な電力を消費するそうだが、国内でも電力の割当優先順位は例外的に高く設定されてる。防衛も人命に関わることには違いないってことでな」

「お互いに見張りつつ、様子見ってところですか」

「基本的に各国とも、今それどころじゃないって感じじゃねえか？　日本の自衛隊だって給水活動とかでいっぱいいっぱいだしな」


提灯が下がったラーメン屋で、一杯三千円近くもするラーメンを餞別代わりにおごってもらった。値段の割には、店内は混んでいた。味は以前と何も変わっていない。

「で、いろいろ調べた結果として、社長の所感はどうです？」

「叩かれすぎに思える」

「叩かれすぎって、誰が？」

「公共機関が、だ。こういうところで周りの会話に耳を澄ませると、ひどいぜ。お役所や政治家に対する罵詈雑言の嵐。俺もマスコミの一人ではあるから、どっちかといえば反権力なんだが、酔っているとはいえあまりにも理不尽なことを言われていると気の毒になってくるな」

北海道の避難所ではほとんどクレームをつけている人を見かけなかったので、あまり実感はわかなかった。だが、社長の話を聞いて都市部の生活が田舎より過酷なことはわかったので、さもありなんと思う。

薄暗いがにぎやかな店内で、シナチクとナルトのない、具材の欠けたラーメンをすすりながら話を続ける。

「総被害額ってどれぐらいなんでしょうね」

「二〇一二年のCMEニアミスの際にNASAがシミュレートした米国内の予想被害金額は、二〇〇兆円だそうだ。今回の全世界の被害を算出すると下手すれば千兆円の桁になるんじゃないか？　何しろ工場などの製造業がほぼすべて止まっているわけだからな」

桁が大きすぎて、ちょっと想像を超えていた。

「そうそう、知ってるか？　今回の世界停電で唯一、ほとんどの設備が無事で電気が使えている国というか、地域があるんだってよ」

「え、本当に？　どこです？　それ」

「カナダのケベック州だ。例の一九八九年の三月に起きた太陽嵐で、電力網にひどい被害が出たところだよ。今回のCMEの情報を知ってすぐに、一も二もなく発電所の強制停止を決定して、本当に実行したそうだ」

「ケベック州っていうと、ニューヨークとかボストンの上あたりでしたっけ」

「そう。そのあたりの大都市圏から比較的近いから、不法移民を含めて、移住希望者が殺到してるって話だ。工場の移転を計画している企業も多いらしい。停電中の数年間であの地域は相当成長するだろうな」

「結局、一度ひどい目に遭わないと学べないってことなんでしょうかね」

「失敗を反省して活かしている、と言えよ。次は、俺たちの番だ」

……次。何をするかを問われたわけではないのに、焦る。木島社長に付いていけば、なんとかなる。今までは、そんなつもりでやってきた。ここからは、道標は無い。成り行きだけでここまで生きてきたことを、自覚させられてしまう。

「……なあ、話、聞いてるか？」

「え？　ああ、すみません。なんでしたっけ」

「株式市場の話だよ。ＣＭＥによる停電が発生したのは平日の夜だったろう？　証券取引所はあらかじめ策定していたＢＣＰに基づいて未明に対策本部を立ち上げたんだそうだ」

「ＢＣＰ？」

「災害があった時の、緊急時事業継続計画ってやつだ。大企業とかインフラ系の組織では、最近定めているところが多いな」

　社長はすでにラーメンを食べ終わって、タバコを吸いながら話している。昔から相変わらずの、早メシだ。

「市場は動いているんですか？」

「取引所のルールとしては、システムが動く程度の災害であれば可能な限り速やかに動かすというのが基本だ。目標は二十四時間以内。世界停電の当日も、取引所そのものは自家発電のバックアップで動いていた。建物が壊れたわけでもなんでもないので、稼働に支障はなかった」

「でも、今の株取引ってほとんどオンラインでやっているんじゃないですか？」

「そう。取引のほとんどができないことが予想された。このまま参加者が極めて限られている中で取引所を開くと、不公平な市場になってしまう。BCPには市場の五割以上の取引ができない事態であればクローズする、という業務規程があるそうでな。オンライン取引がすべて停止している限り、取引再開はルール上無理なわけだ。市場が資本主義の代表なのだとしたら、あの日を境にもう死んでるのかもしれないな」

有史以来ずっと止まらずに発展してきた社会や文明が、あの停電の日から雷を受けたように停止している。巨大な雷、太陽フレアが引き起こした地面からの地磁気誘導電流、GIC。

太陽というまさに天から来た災害という意味で、まるで雷神から天罰を喰らったような感傷的な気持ちになる。高層ビルが使えないというのも、なんとなくバベルの塔を彷彿とさせる話だ。

食事の後、社長が一枚の紙を差し出した。

「例の肝炎の薬の件の、病院の住所だ。都内なら在庫はまだあるって言っていた」

「ありがとうございます」

「――お前さんが手に入れた薬でその知り合いは救われて、その代わりに東京の見知らぬ一人が救われない」

紙を手に取ろうとした瞬間にそう言われ、思わず動きを止める。

「そんな大げさな。在庫はまだあるって、今」

「薬も海外からの輸送ルートが回復しない限り、いつかは東京でも在庫が切れる」

「……」

「まだ実感がわいていないかもしれないが、すでにこの世界はサバイバルだ。自覚だけはしとけよ。お前さんは甘いからなあ」

食事の後、社長と会社の前まで戻った。背負うと暑いのだろうか、ずっと片手で持っていたバッグを地面に下ろし、中からヘルメットを取り出した。

駐車場にあった大型バイクにまたがって言う。

「それじゃあ、何かあれば連絡をくれ」

「社長、前からバイク通勤でしたっけ」

「いや、学生時代以来だな。こっちの方が取材には身軽でいい。俺はこれから千倉に向かう」

「千倉？」

「千葉県、房総半島だな」

「この時間からあそこまでバイクで？　なんでまたそんなところに」

「海底ケーブルの中継所があるんだよ。今、海外の情報は短波ラジオでしか手に入らないだろう？　千倉中継所のそばに作られた臨時の報道センターに行くと、アメリカとの海底ケーブルを使って向こうと直接やり取りができる」

「そこまで行かないと使えないんですか」

「中継所自体は自家発電で動いているんだが、都心までの情報ネットワークがぶっ壊れちまってるからな」

「海外っていうと、ワシントンとかニューヨークとか？」

「海底ケーブルって言ってるだろ。西海岸だよ。サンフランシスコとかロスアンゼルスみたいな大都市に繋がっていればまだ良かったんだがな。残念ながらケーブルの先もオレゴン州のバンドンっていう人口三千人程度の田舎町だ」

お互いのマスコミが田舎町に押しかけて、海外の情報を漁っているというわけか。

「海底ケーブルの中継所って、なんでそんな田舎町にあるんですかね」

「それは俺も聞いた。大都市からほどほど近くて、海底ケーブルの敷設距離を最短にする場所を考えると自ずとそうなるんだそうだ。とにかく、あそこは不夜城だ。日が暮れたらろうそくの明かりで生活するより、俺にはそっちのほうが性に合ってる」

そう言って、社長はエンジンを掛けた。腹の底に響く大きな音がする。

「それじゃあ、またな」

自分が返事をするよりも先に社長のバイクは走り出し、道の先へ風のように消えていった。


夕暮れになると、すれ違う人の顔さえ薄暗くてよくわからなくなった。「誰《た》そ彼《がれ》」という言葉の由来を思い出す。この都心でこんなことを感じる日が来るとは思わなかった。

社長が言っていた闇市という言葉が気になって、スーパーマーケットに行ってみることにした。とはいえ、渋谷のスーパーマーケットはあまり場所が思いつかない。

とりあえず代わりにデパ地下の食品街に行ってみた。確かに、停電前と明らかに様子が違う。

食品売り場の入り口には「八月二十日より、食品売り場を休止いたします」と書いた手書きの立て看板があった。

売り場をひとまわりしてみると、ところどころにキャンプ用ランプが設置されているものの、全体的に薄暗い。穴ぐらの中にいるような感じで、いまいち買い物を楽しむ気にはならない。

そして、ここまで商品が枯渇しているとは思わなかった。特に食品関係は全くと言っていいほど在庫がない。ガラガラの棚だらけだ。

でも、これが闇市？

電気のない地下で、暗いから「闇市」。木島社長ってそんなつまらないブラックジョークを言う人だったかな。


慣れないバスを乗り継いで、自宅のマンションに戻ったのは夜十時を回ったころだった。

一ヶ月半ぶりに帰った自分の巣は、想像通り電気もガスも水道も止まっていた。

リュックから、北海道から持ってきた手回し式の懐中電灯兼ラジオを出して、室内を照らす。冷蔵庫から食べ物の腐った匂いがしたので、鼻をつまみながら袋にまとめてゴミに出した。

電気もない。ガスもない。水道もない。そういえばそんな歌があったな。あれは田舎の歌だったけど。

さらに言うなら、仕事もない。

カーテンを開けて、夜のバルコニーに出てみた。いつもなら見える街灯もすべて消え、遠くから聞こえる車の音以外にこの巨大な街の活気を示すものは何も無かった。

ふと見上げると、街灯がないからなのか、それとも工場などからの排気ガスが消えたからなのか、今まで東京では見たことがないほどの鮮やかな星空が広がっていた。

……綺麗だけど、あの知床の海の上で見た星空にはかなわない、かな。

ぼんやりと、星を見上げて考える。明日から、どうしよう。あまりにも急に迫られた人生の選択に、今のところ何も答えが出せない。

今日はもう、布団を敷いて寝ることにした。

枕元に置いたラジオから流れてきたニュースが、経済産業大臣の会見をそのまま流している。

「停電から一ヶ月半が経過した現在の時点でも原油の生産、輸入ともにめどが立っておりません。政府と民間企業が全力で原油の輸入ルートの復旧にあたっております。石油は、日本各所の国家石油備蓄基地と民間の備蓄量を合わせて約八千万キロリットル、およそ二百日分が国内にありました。したがって今すぐに石油が一切使えなくなるわけではございません。ですが、もしこの状況が続いた場合には、暖房が必要な真冬に灯油が使えなくなる可能性があります」

眠りかけた意識が一瞬で戻る。

なんだって？　石油が使えなくなる？　飛び起きて、ラジオに耳をすませた。

「そこで民間の皆さまにおかれましては今後も可能な限りバスなどの公共交通機関をご利

用いただきたいと思います。冬季の暖房についても、できるだけ一つの部屋に集まる、重ね着をするウォーム・ビズなど、可能な限りの省エネをお願いしたいと思います」

記者の質問が飛ぶ。

「毎朝新聞の根元です。原油の輸入が滞っているとのことですが、具体的にどういう問題が起こっているのでしょうか」

「国内問題としては、主に港湾施設と原油精製施設です。港には電力が必要な設備が多々ありまして、設備への電力供給が第一の問題になりました。幸い、この件に関しては関係各所のご尽力もありまして、現在では最低限の稼働状況は確保しております。ただ、現状で最大の問題はむしろ、産油国での原油生産と輸送ルートにあります。太陽フレアの電磁波の影響で全衛星が故障、停止し、大型タンカーの航行に必要な各種装置が現在も使えません。また、新たな油田の採掘にもＧＰＳが使われており、今後の産油量の低下も予想されます」

パニックにならないように、できるだけ抑えて発表している。そんなふうに聞こえた。でも要するに、あと半年で電気だけじゃなくて石油も尽きるよ、と言っているようにしか思えない。

懐中電灯を照らしてリュックを開け、東京に出発する前日に関さんが渡してくれた、ポケットアルバムを取り出した。使い捨てカメラで撮った写真が入っているアルバムのページを、次々とめくる。

斜里町役場の佐藤課長、ルシャの漁師の赤井さん、しれとこびとの越川さん、北峰ファームのおじさん、おばさん……知床で出会ったいろいろな人たち。世界停電後も何一つ変わらない雄大な自然の写真。そして、あのねぷたの日に撮ってもらった、彼女と自分が写った写真を見つめる。

数ヶ月後にはもう、北海道は真冬だ。自分には想像もつかないような寒さのさなか、電気も使えず、灯油も切れる。凍える。

知る前であれば、他人事だった。でももう、自分は彼らを知っている。

蒸し暑い室内の気温が、自分の周りだけ数度下がったような気がした。疲れているのに、なかなか寝付けなかった。


翌朝起きてからの生活のすべては、苦労の連続だった。

水道、ガスなどの電気以外のライフラインにはほとんど影響が出ていなかった斜里町と違い、東京はそのすべてが使えない。これまであまり感じていなかった生活上の困難が、家に戻った今になってまとめて降り掛かってきた。

朝の洗顔すらできず、ライフライン優先施設に指定されている近くの銭湯に行っても、一人あたりが使える水やお湯の量は制限されていた。

上水道が駄目なのに下水道が生きているわけもなく、トイレだけでも一苦労だった。各公園には建築現場などで使われる仮設トイレが並んでいて、毎回そこまで行く必要があった。仮設トイレはかろうじて簡易水洗ではあったものの、快適とは言いがたい。

昼過ぎから、木島社長にもらった名刺に書いてあった病院に向かった。ちょうどいいバス路線はないらしい。うだるような暑さの中、歩く。

すれ違った子どもが、アイスキャンディーをなめていた。最初は何かの見間違いかと思ったが、少し歩いた先のコンビニで意味がわかった。

店の横に止まっている冷凍車のそばにクーラーボックスを置き、コンビニの店員がアイスキャンディーを売っていた。店内に在庫ができないため、冷凍車から直に販売しているらしい。

まるで昭和のアイスキャンディー売りだ。この暑さに耐えかねてか、子どもだけではなく大人までが並んでいる。思わず自分も並んで、買ってしまった。

一時間以上歩いてようやく病院にたどり着き、医師に会った。

依頼状を渡すと、軽く内容を見た後であっさりと薬を処方してくれた。代理人が薬だけを受け取ることができるか不安だったのだけれども、正式な依頼状である診療情報提供書を書いてもらったことが良かったようだ。

物が物だけに、急いで北海道の北峰さんの元に郵送した。

家の近くの商店街で買い物をすると、ようやく社長が言っていた「闇市」の本当の意味がわかった。

意外なことに、個人商店には食料品があったのだ。それも、豊富に。

ただし、高い。キャベツ一玉が千円を軽く超えている。

試しに大手のチェーンではない、地元の小規模スーパーに入ってみると、店内は昨日見たデパ地下とは対象的な活気で溢れていた。

加工食品の大きな棚がすべてきれいに片付けられている。その空いたスペースで、明らかにスーパーの店員ではなさそうなおじさんが、適当なテーブルに土付きの野菜を並べて売っていた。

おそらく農家の人が直に販売しているのではないかと思う。お金もレジではなく、直接やり取りしているようだ。そんな小規模な売り場が何テーブルもあった。

ファーマーズマーケットってやつか。たった一ヶ月半でえらい変化だ。

そして値段はここも高い。ガソリンの備蓄はまだ切れたわけではないから、食品流通の問題じゃない。

いまさらだが、もう一度思い出した。日本の食料自給率が低いこと。

食うに困らない食料生産基地の北海道と違って日本全体では基本的に食品が足りておらず、輸入に頼ってきた。

海外との食料輸送が回復しない限り、大規模な食糧難が起こる。であれば、今後もこの食料価格暴騰は続くだろう。

農協などの正規のルートの場合、たとえ食糧難を見越したとしても極端に高額な価格設定はできない。農協はなかば公的な部分があるし、大きな組織ならではの機動力不足もあるのだろう。

そう考えると、デパ地下や大型チェーンスーパーが品不足になっていた理由もなんとなく見当がついた。農協経由の価格よりもはるかに高く売れる商品なら、自分で売ってしまったほうが良いということか。

価格統制的な動きに従わず、高く売れるところに商品が集まり、賑わう。なるほど。見た目こそわかりやすいバラック街ではないが、これは確かに闇市と言っていいものかもしれない。勝手に居を構えた土地でヤクザの仕切りで商売をする戦後の闇市とは違い、スーパーが売り場を貸しているだけなので、別に違法なものではないけれども。

それにしても二十一世紀のこの世の中で、闇市とは！

北峰ファームのおじさんがそこまで考えて土産をくれたのかはわからないけれども、自宅にある残りのじゃがいもやタマネギは、今の東京では貴重な財産だ。

ロクに商品のない大型店か、バカ高い闇市。そして食べ物を手に入れるもうひとつの選択肢として、配給があった。

しかしそれは、結局また被災者として避難所に入ることとそれほど変わらないのではないだろうか。そんな気がして、配給の長蛇の列に並ぶことに踏み切れなかった。

社長から注意された通り、夜の交差点は危険極まりなくて、一回自分も轢かれかけた。今までは街灯なり信号なりで多少の光源があったものが、車のヘッドライト以外に歩行者を照らすものが何も無くなったためなのだろう。こうも暗いと夜の外出は控えるようになった。

社長の言っていた「すでにこの世界はサバイバルだ」という言葉の意味を、実感する。正直言って、ここで生きていける気がしない。

軽く仕事を探してみたが、まったくと言っていいほど無かった。人が逃げ出すほどすべてが無くなったこの東京に、そもそも自分は居続けるべきなのだろうか。

しばらくここで暮らしてみたことで、ようやく把握できた気がする。

世界停電の発生から今までに、東京に起こったこと。それはパニックでも暴動でもない。物資不足。特に食料品不足。それに伴う物価の高騰は起こっても、現代社会が崩壊したわけではない。この状態が永遠に続くわけではなく、変電設備が回復すればいつかはいつもの通りの暮らしに戻るはずだ。

その希望が、都内の社会的な秩序をかろうじて支えていた。

ただ、電力の回復が一体いつになるのか、明確な答えは政府も含め、まだ誰も出していない。少なくとも数年はかかるだろうという、その程度だ。

誰かを責めて解決する問題ではない天災が起こった時、少なくともこの国では暴動は起こらない。人は公共施設で行われている配給におとなしく並び、時に高額な食料品をほとんど文句も言わず買っていく。

ただ、秩序を守る市民でありたいと思う人たちでも、現実問題として、毎日腹は減る。ほとんどの仕事場がまともに稼働しない状況が続き、物価は恐ろしく高い。少しずつ減っていく貯金と、いつ終わるのかわからない停電。

見切りをつけた者から、徐々に都会を離れていく。それが世界停電後、一ヶ月半が過ぎた東京の姿だった。

「次は、俺たちの番だ」木島社長はそう言った。

次、か。自分はこれからどうするべきかという、あの時の問いを思い出す。

社長には、この天災を知っていて止められなかった反省がある。自分が次に何をするべきかの、ビジョンもある。

自分には、何ができるだろう。ただのプログラマーだった自分が、電気の無くなったこの世界でできること。人の役に立てる、仕事。

北峰のおじさんの薬をもらいに東京に来たことは、仕事ではないが人の役に立つことと言っていいだろう。帰宅困難者のボランティアの仲介もそうだ。

自分のスキルを決めつけないで、できることを柔軟に探していく。これがヒント、なのか？

意を決し、北海道の佐藤課長に手紙を書いた。ポストに投函して返事が来るまでの期間を、自宅とそのまわりで過ごす。

今日も、近所の家の前に引っ越しのトラックが止まり、荷物を積んでいた。地方出身者が田舎の家族に手紙で連絡を取り、家屋もそのままに一家で引っ越していく。そんな風景を街角のいたるところで見た。社長の言っていた「疎開」という言葉が頭をよぎる。

自分のことを考える。

母は香川にいる。無事であることは手紙で確認が取れた。家には弟もいる。いまさら実家に戻る気は起きない。

ガランとした部屋の片隅に、ダンボール三箱にまで小さくまとめた荷物がある。

やがて宅配業者のトラックの音と、チャイムが聞こえた。佐藤課長からの返事の手紙を、すっかり軽くなったリュックに入れて、出発する。

北海道に戻る。それが自分の結論だった。

釧路行きの船の上。東京湾はすっかり見えなくなって、目の前には水平線だけが広がっていた。

二日後には、またあの街に帰る。

図書館の本に書いてあったことを、再び思い出す。

「世界は中世まで戻ってしまうであろう」

煽り半分とはいえ、半分は当たっている。

通信網が使えず、長距離移動が船になり、夜をランプで暮らしているこの世界は、なかば中世の生活と言っても間違っていないかもしれない。

科学技術にどっぷり浸かって生きてきた自分には、鉛筆一本でさえ自分自身で作る力はない。

だけど、同時に思う。北海道で、そして東京への旅で見た様々な人たちの、困難を克服するための機転を。

踏切が動かないなら、人の手でカバーする。GPSが使えないなら、六分儀を使う。ガスが使えないなら、あるところから持ってくる。情報が足りなければ、あるところまで走って行く。

彼らは予想外の事態を、知恵と工夫、経験や知識で乗り越えようとしていた。

そう、科学技術は魔法じゃない。それはそれぞれの専門領域で積み重なった知識のことだ。

電力というリソースは失われても、積み重なった知識が失われたわけではない。そのことに気付いた時、徒手空拳の今の自分でもできることが、薄ぼんやりとだが見えてきた気がした。

知恵と工夫なら、自分に無いわけじゃない。今までだってずっと社長の無茶振りを、あの手この手で解決してきたんだ。

誰かのためになら、たぶん、力を出せる。先はわからないけど、やれるところまでやってみよう。

「あら、おかえりなさい」

ペンション「しれとこびと」に二週間ぶりに顔を出すと、越川さんにあっさりと言われた。

「ただいま戻りました。……って、こっちが自宅、ですか？」

「ええ。そうするんでしょう？　佐藤さんから聞いてますよ」

佐藤課長に斜里への移住を手紙で相談したところ、一軒家が空いているという返事が来ていた。今日からはそこに住むことになる。

「はい。またいろいろとお世話になると思います。よろしくお願いします」

「こちらこそ」

挨拶をしていると調理場から関さんが出てきた。

「あ、帰って来たんだ。おかえり」

こともなげに言われた。実家に帰ってきたような安心感、というのは言いすぎか。

カウンター越しの越川さんが言う。

「で、家はいいとして、車は？　本格的に住むなら、ここでは車がないと生活できないですよ」

「買いました。釧路からの途中で自動車屋さんに寄ってきたので。来週末に納車してくれるそうです」

バッグから小型車のカタログを出して、見せた。

「やっぱり運転が怖いから小さい車にしました」

関さんも越川さんと並んで、パンフレットをまじまじと見ている。

「冬道では大きい車のほうが安定して走れるのに」

彼女が言う。大きなＲＶ車などだと駐車がギリギリで怖い、という理由もあったのだけど、よく考えてみれば都会の駐車場ってわけでもないのだからあまり気にすることもなかったか。

「うん、４ＷＤだね。これなら、まあ大丈夫か」

バイト上がりの関さんに、今日から住む家まで送ってもらえることになった。後部座席に手荷物を置いて、助手席に乗り込む。

「なんか、久々ですね。このパターン」

「まさかこんなにすぐ再会するとはね。どういう心境の変化？」

「まあ、いろいろと思うところがありまして」

「ふーん……あ、そうそう。おじさんが喜んでたよ。薬が届いて」

「あ、無事届きましたか。そりゃあよかった」

「でもキミが東京に行ったところから、普通に病院で薬がもらえるようになったんだけどね」

あっさりとそう言って、彼女が笑う。

「ええ？」

そうか、よく考えてみれば薬が届かなかったのも本州との行き来ができなかったことが影響していたのかもしれない。

「……でもさ、無駄じゃないと思うよ。キミのやったことは」

関さんが前を見たまま言ったその言葉が、救いだった。東京でわかったことを活かして、ここだからこそ自分ができることを探していこう。

「さて。ええと、家の場所なんですけども」

佐藤課長からもらった住所を教えようと、手紙を取り出して彼女に見せる前に、言われた。

「ん？　知ってるよ？　自分のうちだもん」

「はい？」

「だから、私んち。部屋空いてるからシェアするって話、佐藤さんから聞いてないの？」

あっけにとられる。……関さんと同居するの？　自分が？

「……何も！　何ひとつ聞いてません！　佐藤課長からは一軒家が空いています、としか！」

「あはは、そうなんだ。いやあ、佐藤さん。遊んでるわー」

「いや、関さんはそれでいいんですか？」

「私、ずっと旅行してたから、ドミトリー生活には慣れてるんだ。この街ってアパートとか少ないから、私は今、越川さんに紹介してもらった一軒家に住んでるんだけどね。これがまた無駄に広くてさあ。家賃を折半してくれる同居人がいれば、私としてもちょうどいいわけ」

佐藤課長が住居のことをまず越川さんに相談し、越川さんが関さんと話し合って、こういうことになったらしい。

「大丈夫だよ。お互いの個室には鍵を掛けられるようにしておいたから」

「いや、それにしたって……」

「嫌？　なんだったらしばらくしれとこびとに泊まって、別なところを探す？」

「あ、いや、嫌ってわけでは」

「そっか、よかったよ」

……まさかこんな新生活のスタートになるとは思わなかった。

関さんがドミトリーというか、シェアハウスに慣れているというのは本当なようで、新生活の初日にそれぞれの金銭的負担などをテキパキと割り振って、お互いが納得できるルールを提案してきた。

さっぱりとした彼女の性格のおかげで、自分の人生初の共同生活は最初に想像したよりも緊張せずに済んだ。関さんは多少だらしないところもあったが、許容できないほどじゃない。それにそこは、お互いさまだ。

彼女は相変わらず早朝から夕方までびっしり働いて、日が暮れる直前に帰ってきた。やっぱり今でも、カメラマンとしての目標のためにお金を貯めているのだろうか。

車が来るまではどうせすることがないので、毎日二人分の家事をやっていた。

主夫業を頑張っていたら「キミはいいお嫁さんになるね」と冗談を言われた。

夕食の後、日が暮れるまで取り留めのない話をして、真っ暗になる前にそれぞれの部屋に戻って寝る。そんな毎日がしばらく続いた。

それぞれの個室の鍵は、結局二人とも使っていない。

二週間ほど後、注文していた軽自動車が届いた。

いくら田舎の車通りが少ないとはいえ、いきなり公道を使って練習するのは怖い。そう言うと、彼女は小清水町の道の駅を使うことを提案してきた。

「あそこなら運転の練習に使えそうな広くて長い駐車場があるし、夜には人もいなくなるから、ちょうどいいよ」

関さんに運転してもらって、向かう。

「ありゃ、当てが外れちゃったかも」

道の駅が近づくと、彼女が言った。夜だというのに、駐車場には車がぎっしり止まっている。

「どうしよっか。別なところ、考える？」

「その前にちょっとトイレに寄らせてもらっていいですか」

車を降りて、二人で駐車場を歩いた。

「観光シーズンだったら、去年は夜でもキャンピングカーがたくさん止まってたけどさ。この時期は誰もいなかったんだけどなあ」

駐車場を見渡してみる。乗用車ばかりで、キャンピングカーはほとんど見当たらない。

「観光客じゃないっぽいですね」

まあ、こんな状況でのんきに観光旅行している人なんていないよな、と思う。

「最近さ、しれとこびとのレストランもなんか忙しいんだよね。夏も終わって本来なら暇になる時期なんだけど」

車のナンバーを見ると、このあたりで使われる北見ナンバーはほとんど無く、札幌や旭川など道内の都市圏のものがほとんどだった。

「街の人口が増えてることじゃないですかね」

「そうかなあ。みんな冬の寒さを避けて九州とか南の方に疎開してるって、ラジオで言ってなかったっけ」

「きっとこの車の人たちは、道内の避難民ですよ。都市圏ほど生活が難しいみたいですから、札幌とか旭川だって厳しいでしょう?」

夜だというのに道の駅は閉まっていなかった。どうやらここも避難所になっているらしい。

本来、観光ポスターが貼られるのであろう場所には、貸家や仕事の情報、エコノミークラス症候群の避け方、町内の生活地図などの掲示がされていた。

トイレから出ると、関さんが声を掛けてきた。

「この先の、原生花園の駐車場にしよう。あそこは避難所になってないから空いているみたいだし」

小清水原生花園は、前に北海道に来た初日、斜里に行く途中で通った海と湖に囲まれた直線道路沿いにある。

道路の横に隣接する長い駐車場で、六十キロに加速して運転の練習をした。

「少し慣れてきたかな。よし、それじゃあ次はアクセルを一度ベタ踏みしてみよっか」

「それじゃスピード違反じゃないですか」

「追い抜きの時に速度を躊躇すると、かえって危ないよ。練習のうちに、度胸つけとかなきゃね」

「うう……」


数日間のスパルタ式特訓の結果、運転の勘を取り戻せた気がする。都会に比べると道路はスカスカで、一度慣れてしまえば運転は快適だ。

道を走っている限りは、車がそれほど増えているようには見えなかった。本当に人口は増えているのだろうか。

たしか、札幌の人口は二百万人ぐらいだったはずだ。道内の市町村数で単純に割っただけでも、それぞれ一万人以上の人口が増えることになる。

ただでさえ仕事が少ない田舎町が、そんな人口の増加に耐えられるだろうか。そう思っていたが、意外なことに働き口は多かった。

この街は毎年、夏から秋の収穫期になると、専用の工場で農産物を選果、荷詰めする。その際には季節労働者を大量に雇うのだが、今年は世界停電で選果用の機械が動かないため、例年にも増して人手が必要になったそうだ。

とりあえずの選択肢として、ニンジンの選果作業の短期パートをすることにした。

これらの仕事は本来自動化されているようなものだけに、あまりスキルは必要でなかった。膨れた人口を吸収できる程度の仕事ができたことは、不幸中の幸いと言っていいだろう。

世界停電をひとつの災害として捉えると、今は「復興」というステップなのだろう。復興には人手がいるものだ。


増え続ける人口とそれに従って起こる数々の問題に対処するために、町民会議が設立された。元テレワークスペースのボランティアスタッフたちが中心になって呼びかけ、役場や町内企業の社長などが新たに参加。その人数は回を重ねるごとに増えていった。図らずも彼らの望みどおり人口は増えた。あとはどうやって町に定住してもらうか、だ。越川さんの誘いで、自分も会議に参加させてもらうことになった。

問題は多々あったが、特に生活費の高さはいかんともしがたい。

このあたりの物価は、世界停電後もしばらくは以前のレベルを保っていたのだが、東京行きの間に状況は一変していた。

日本全国の工場がほぼ全滅しているために、すべての商品が不足している。需要と供給の原則に従って、北海道でもある時期を境にタガが外れたように価格が上がり始めた。

そして今となっては、あの長年のデフレは一体なんだったのかというほど極端なインフレになってしまった。特に食料の値上げ幅は大きく、なかばハイパーインフレと呼んでいいのではないかという程の価格の上昇があった。

貯蓄を当てにして暮らしているとすぐに生活に困りそうなので、結局誰しも働かざるを得ない。

ラジオのニュースでは毎日、現在の原油の在庫量をパーセント単位で言っている。街角の掲示板に次々と「油を大切に」の標語ポスターが貼られた。

現時点では停電の影響をほとんど受けていないように見える農家の人たちも、これには困るだろう。なにしろ、現在の機械化された農業の原動力はほとんどガソリンや軽油だ。

ただ、国内のほぼすべての工場が停止している今の状況だと、原油の消費量は報道される数字よりはかなり少なく済んでいるのではないだろうか。

北海道という土地の難しいところは、自家用車がないと事実上何もできないことだ。

備蓄が空になるまで半年。この数字が世界停電前の消費ペースを元に計算したものなのかはわからない。だが省エネが必要なことは間違いのない事実だ。

原油枯渇の発表で、ただでさえ世界停電前の数倍に高止まりしていたガソリン価格はさらに天井知らずに高騰した。

日が徐々に短くなって、夜になるとできることがほとんど無いので、早々に寝ることが多くなった。

夜明けとともに起き、夜闇とともに床につく。昔の農家みたいな生活だ。なるほど、中世と言えば中世なのかもしれない。

寝る前に考える。

世界停電から三ヶ月。電力がないことが前提の社会が、徐々に作られていっているように思える。

自動ドア、信号機。いままで当たり前に使えたもの。あったもの。それらが、ここに住んでいると、本当に必要だったのだろうかと思えてくる。

同じようなことが東日本大震災の時にも言われていたことを思い出す。これを機会に、電気に依存した生活を脱却しよう。自動ドアなんて本当は要らないんじゃないか。

あの時、そういう数々の言葉は一部の人だけに響き、結果として全員の行動は変えなかった。

影響が軽微だった人は、状況の回復とともに半ば無意識に、半ば意識的にそのことを忘れた。

電力が回復すると、まるであの困難が無かったかのように、いつも通りの生活に戻った。

そして震災により深刻な影響を受けた人は、それどころではなかった。

当事者は静かな怒りとともに日々の現実のみに立ち向かい、言葉を発しなくなった。絆？　震災があったからこそ学べたことがある？　ふざけるな。身内を亡くした自分の目の前でその言葉、言えるなら言ってみろ。

時にいわれのない差別を受けながら、被災者は静かな怒りを胸に秘め、軽蔑から断絶が進んだ。

世界停電は、全員が等しく被災者だ。そして今回の場合、震災のような破壊や人死には、ほとんど出ていない。

被災していない人からの綺麗事、ではなく、自分たちが電気を使えないから考えた工夫。地に足がついた、生きるための知恵。

今回は、どうなるのだろう。三年経って、はい、今日から以前のように電気が使えるようになります、となった時に、またこの困難のことをすぐに忘れるのだろうか。

答えが出ないまま、眠りについた。

日曜日。関さんと二人、車で買い物に出かけた。

以前にも来たこの店の様子はさらに様変わりしていて、最近は買い物にマイバッグどころかマイタッパーやマイボトルも持参することが必須だ。すべての商品が量り売りで、調味料すらパッケージに入っていない。

停電があろうが自然から採れるものに変わりはないわけで、原料の絶対量も変わらない。電気が不足して困ったのはパッケージの工程だけだったのだろう。商品をパッケージせずにそのまま販売する習慣が根付きつつあるようだった。

帰りの車の中で、関さんが手元のスマホをいじりながら言った。

「車ってさ、便利だよね」

彼女が北峰さんから借りている車には、スマートフォンを車内のアクセサリーソケットから充電できるアダプターがある。彼女は、今は通信ができないスマホを音楽プレーヤーとして使っていた。

「私は持ってないけど、USBでカメラのバッテリーの充電ができるアダプターもあったりするんだよ。あーあ、あれ買っておけばよかったなあ」

「確かに、今となっては気軽に電気が使える場所って、車の中くらいですもんね」

「ねえ、これで洗濯機とか動かせないのかな」

「残念ながら無理ですね。電圧が違うんで」

そのことは、以前調べてみたことがある。世界停電の被災をきっかけに、少しずつ、電気関係の情報を集めるようになっていた。

車のアクセサリーソケットで使われているDC一二ボルトとコンセントのAC一〇〇ボルトは別物で、キャンピングカーでもない限り常時使用には向かないのだ。

「そうなんだ、残念。でもさ、そういえばなんで車は無事なの？　ほとんどの電気が使えないのに」

「今回電源がショートしたのは、高圧の変電設備だけなんですよ。例えば、ソーラーパネルのある家は普通に電気が使えるそうです」

「え、ホント？　でも、夜にどの家を見ても、灯りなんて点いてないように見えるけど」

「ああ。それ、僕も誤解してたんですけどね。太陽光発電って基本的に蓄電ができないんですよ。家庭用の蓄電池は存在するけど、価格が非常に高くてほとんど普及してないらしくて。昼に貯めておいて夜に使うとか、そういうことは無理らしいです」

「え、夜に使えないの？　……それってなまじっか電気に依存している分、冬になったら石油ストーブや暖炉の家よりも大変なことになるんじゃない？」

「かもしれません……みんな、電気を使いたいことは間違いないんですよね」

街の外れにある、ソーラーパネルが密集している場所の横を通った。

敷地内にある変電設備は黒焦げになっている。

世界停電が起こる前に、火事になった工場のソーラーパネルが発電を続けていて、消火作業の妨げになった、というニュースを見た覚えがある。

ひょっとしてここにある大量のソーラーパネルも、送電ができないだけで今も発電を続けていたりするのだろうか。だとすれば、もったいない話だ。

広大な土地を持つ北海道では、もともと風力、水力、太陽光などの、自然を利用した小型の発電所が多いのだそうだ。

例えば隣町の小清水町には、約九メガワットの発電容量を持つ大規模太陽光発電所、メガソーラーがある。ここは本来、約二千八百世帯分の電力を作ることができる能力を持っているらしい。

太陽光発電所はパネルを直列で繋いで電圧を上げている。もしそのソーラーパネルを一枚ずつに分けた場合、どうなのだろう。ひょっとして変圧の必要がないほど電圧が下がって、なんとか使えるのではないか。

使用できなくなったこれらの太陽光発電所のソーラーパネルを解体、町内の各所に分散させ、それぞれの家庭に直結させることが、もしできたら？

正直全くの思いつきだ。もしできたとしても、五千以上あるこの町すべての世帯をカバーすることは無理かもしれない。

でも、もし多少でもそれが可能だったら、どれだけ便利になることか。

「いいじゃん、それ。やってみなよ。当たって砕けろ、ダメで元々」

門外漢が考えたこの机上の空論を雑談混じりに関さんに話すと、予想外に真正面から応援された。彼女のこういうところは、本当にありがたい。

町にある電気工事会社に行って、可能かどうか聞いてみることにした。

暇なせいもあってか、専務が直々に話をしてくれた。せっかくなので、わからなかったことも質問してみる。

「変電設備が全部壊れたのに、太陽光発電の家が普通に電気を使えているのはなぜなんでしょう。変圧してないってことですか？」

「家庭用のパワーコンディショナーはトランスレス方式が多いからね。ソーラーパネルで作った電力の電圧を一定に保つための機械がパワーコンディショナーだけど、家庭用の場合はトランスレス方式っていう、変圧器が内蔵されていない機種がほとんどでね。だから一般家庭の太陽光発電には影響が出ていないんだ」

「変圧器がなくても大丈夫なんですか？」

「高圧でなければね。例えば、メガソーラーの産業用パネルだろうと家の屋根のソーラーパネルだろうと、一個あたりの発電量はそこまで変わらない。多くてもせいぜい二六〇ワット前後だな。パワコンで充分制御できるね」

「ってことは、メガソーラーのソーラーパネルを各家庭に分散して使用することは可能ですか？」

「いや、パワコンの在庫不足って問題がある。結局、変電所の設備と同じだよ。そんなにたくさんすぐには増産できない。ましてや、今の工場停止の状況ではねえ」

生産が不可能、か。なんとかしてパワコンを手に入れる方法……。

あ。

「……じゃあ、どこかからパワコンを大量に調達できたら？」

「そんなの、どこにあるっていうのさ」

呆れた顔で言われたが、自分にはあてがあった。東京だ。

本州のほうが、太陽光発電をしている家庭の割合は多い。世界停電後、疎開で東京から脱出した家庭の中で、家のソーラーパネルをそのままにしている人はそれなりに多いのではないだろうか。

「んー？　家の電気が使えるのに疎開なんてするもんかい？」

「東京の現場に行ってみてわかったのですけど、都市部の生活の問題は電気だけじゃなかったんです。水も食料もガスも全部駄目だったり、もし自宅が無事でも仕事場が閉鎖してたり」

今回の疎開は着の身着のままってほどではないにせよ、太陽光発電の設備をどうにかしている暇なんて無かったはずだ。きっと放置している。

とにかく、まずは確認だ。

「パワコンは中古でも問題ないですか？」

「部材さえ揃うなら工事はできる。別に構わないよ、うちは。仕事になるならなんでも」

木島社長にまた手紙を送って、パワーコンディショナーが必要な件を伝えてみた。

手紙の返事は、前回よりも少し遅れて届いた。

届いた手紙の裏面を見て、その理由がわかる。住所が千葉県千倉になっている。郵便物転送で時間を食ったようだ。社長、とうとう報道センターのそばに引っ越したのか。

返信を読むと、都内から毎日行くのが面倒くさいから、いっそ千倉に住むことにした。到着日をあらかじめ伝えてくれれば家にいるようにする。家にも畑にもいなければ、海にいる、と書かれていた。

メガソーラーのパネル再利用の件にも、どうやら興味を示してくれたようだ。

ただ、あれから東京もまたかなり変わったから一度現場を見ておいたほうがいい、とのこと。

なんとかなるかもしれない、と思う。木島社長の協力があれば心強い。


今日は夕飯作りの当番だった。キッチンに行こうと自室から出ると、リビングのソファの上で関さんがクッションを抱えて丸まっていた。

寝ているわけではないようなので、声をかける。

「今日、煮物でいいですか？」

反応はなかった。

「どうしたんです？　体調でも悪いんですか」

彼女は身じろぎ、丸まって顔を隠したまま、手でテーブルの上を指差した。

「手紙？　いいんですか？　読んで」

頷いたので、読む。悠心の里という、横浜にある介護施設からのものだった。

――突然のご連絡、失礼致します。当施設に入居されていた関明美様について、お伝えしなければならないことがございます……

「……あの、亡くなられたって書いてある、この明美さんって」

「母親。私の」

関さんはクッションから顔を半分上げて、それだけ言う。

手紙には、このままずっと遺骨を取りに行かないと無縁仏として合祀されてしまう、と書いてあった。

「なんと言っていいか……」

こういう時に相手に掛ける言葉には、いつも困る。しばらくの沈黙の後、考えをまとめてもう一度口を開いた。

「ショックでしょうけど、手続きはやっぱり早く済ませないといけないですよね……僕は来週、木島社長に会いに、東京に行きます。一緒に行きませんか」

「私はあの人と二度と会うつもりはないから。生きていようが死んでいようが」

起き上がってそう言った彼女の目は、今まで見たことがないほど険しいものだった。冷たい声に、驚く。

「そんな、実の親なのに」

「香山くんだって、人のこと言えないんじゃない？　キミも全然、親の話とかしないじゃない」

「僕は『公衆電話』が開通した時に実家にすぐ連絡を取りましたし、今もよく手紙を書いてますよ」

思えば関さんは今まで、不自然なほど家族のことを話したがらなかった。何か言いたくないことがあるのかも、と思い、自分もその話題を避けていたところがある。

「……私はね。あの人から一歩でも遠くに離れたくて、ここまで来たの」

やがて関さんは、少しずつ今までのことを話し始めた。

「ほんとに、ひどい親だった。あの人はね、付き合っている男が変わると、そのたびに私に言うことも全部変わるの。ベタベタしてきたと思ったら、いきなり無関心になったり、かと思うと、ちょっとしたことで激怒して殴ったり」

快活そのものに見える彼女が、まさかそんな子供時代だったとは思わなかった。

「高校で進路を決める時にも、写真の道に行きたいって言ったら猛反対されてさ。反発したら、学費も留学のお金も、今までにあんたに掛けた金を全部返せって……そう言われた」

関さんは大きくため息をついて、言った。

「その時、ああ、この人はずっと自分の思うとおりに私を動かしたいだけなんだって思って……で、そのまま何も言わずに、家を飛び出したの。そこから先は、前にキミにも話した通り。写真の仕事に就いて、北海道にやってきて。あの人との連絡をすべて絶って、やっと自由になれた。もう二度と会わないって、決めたの。一人で生きてくって」

関さんはそこまで話したあと、疲れたような笑みを見せた。

気持ちはわかる、なんてことを軽々しく言いたくはなかった。彼女の辛い経験に対して、自分に何か言えることなんてあるのだろうか。

少し考えてから、話しかける。

「あの……僕にそれだけ話してくれたってことは、今でも気になる何かがあるってことじゃないんですか？　今回お母さんの所に行かなかったら、胸の奥にずっとしこりが残り続けませんか？」

彼女は何も言わなかった。

「一緒に東京に、行きましょう」

それだけ言って、自室に戻った。そしてそのまま数日、その話題は出さなかった。自分が決めることではないし、言うべきことは言ったと思ったからだ。

東京行きの当日、出発直前に、関さんは無言で自分の車に乗り込んできた。


約二ヶ月ぶりに会った木島社長は、南房総の海に向かって釣り糸を垂れていた。かたわらに置いたバケツの中には、魚の影が見える。そばに行って声を掛けた。

「釣れますか」

「うぉびっくりした！　……なんだ、お前さんか」

後ろから近づいたせいで、驚かすつもりもないのに驚かせてしまったようだ。

「あー、ルアー釣りに慣れてないってのもあるんだが、今日はいまいちだな。あ、でもこの前はクロダイが釣れたぞ」

木島社長が、自分の後ろにいる関さんに気付き、目をやった。

「……墓参りだってね。香山から話は聞いてるよ。よろしく」

「どうも、はじめまして。関です。これからしばらく、よろしくお願いします」

関さんは丁寧に挨拶する。気さくではあるけれど、誰にでも初対面でタメ口をきく人ではないんだよな、とあらためて思う。

「道中、どうだった？」

「前よりは楽でした。RO-RO船の運航が始まっていたから車で来れましたし、船内もガラガラで」

「お風呂にも入れないぐらい混んでるって聞いてたから、覚悟してたんだよ、私」

関さんが言った。

「今となっては東京にわざわざ行くやつは少ないからだろうよ。脱出するやつは多いけどな」

そういえば今回は、都心でも渋滞に巻き込まれず、すんなりここまで来られた。人口が前回よりも遥かに減っていることがよくわかる。

遠くに見える浜辺では、そろそろ秋の日も暮れかけているというのにサーフィンをしている人が見えた。

「こんな時にサーフィンって」

「ここはもともと、サーファーのメッカらしいぞ。電気を使うわけでもないし、災害があったから娯楽を楽しんじゃ駄目ってこともないだろ？　ちなみに俺も始めてみた」

「なんですか、そのちょい悪オヤジみたいな趣味は」

「私もやったことあるよ」

どうやらこの場では自分のほうが少数派らしい。木島社長と関さんは楽しそうにサーフィンの話をしている。運動神経が良くない自覚があるので、こういう話題にはまったくついていけない。

少し離れたところに流木で組まれた小さなやぐらのようなものがあり、そこから煙が上がっていた。

「なんで焚き火なんかしてるんです？」

「水の調達中だ。このあたりは井戸が無くてな。海水でも、濾過してから蒸留すりゃなんとでもなる」

相変わらずたくましい人だ。きっとここで調理までやってしまうのだろう。

「他にも、湧き水のある場所に行くとか、なんぼでも方法はあるけどな。ここは海沿いだから、海水が一番手っ取り早い」

「裏の畑では何を作ってるんですか？」

浜辺に来る前に見た、木島社長の家の裏庭にある小さな畑のことを聞いた。

「じゃがいも、キャベツ、チンゲンサイ……まあ、いろいろだ。北海道と違ってここなら冬でも野菜を作れるからな。お前さんたちのところは、冬場のビタミン不足が心配だな」

言われてみれば、食糧不足が無さそうな北海道でも、冬になると野菜は作れないのか。

「まあ、うちにはうちの悩みがあるけどな」

「なんです?」

そう聞くと、意外な答えが返ってきた。

「とにかく最近治安が悪くてよ。こんな田舎町でも空き巣だらけだ。周りの家のほとんどが疎開して空き家だからなんだろうな」

ああ、だからここに来る途中、パトカーがやたらと多かったのか。原発の避難地域ですら空き巣が出たぐらいなのだから、そりゃあそうなるか。

「そしてうちに限って言えば、野菜泥棒がひどかった」

「ああ。今、食べ物は貴重でしょうからねえ」

「そういう問題じゃねえよ。野菜泥棒許すまじ。でな、ちょうどそのころ届いたお前さんの手紙がヒントになったんだわ」

「というと?」

「まず、ソーラーパネルを調達して、試しに車のバッテリーと繋いでみた」

「うまくいきました?」

「いったいった。で、ホームセンターから材料を調達して、蓄電した電気を使った野菜泥棒撃退用の電気柵を作ってみたんだわ」

え、電気柵って、あの牧場とかで使う家畜を囲む柵のことか。

「あれをつけてからピタッと野菜ドロがおさまったわ。おかげで助かった」

「そういう大事なことは手紙にも書いてくださいってば」

「何？　お前さん、もしかして感電したのか」

「いや、盗みませんけども！　間違って触っちゃったらどうするんですか！　大体、そんなの人間相手に使って大丈夫なんですか？」

「電圧は高いが電流は弱い。ちゃんと一秒おきのパルス出力にしてるから安全だぞ。まあショックは受けるけどもな。主に精神的に」

関さんが自分たちの話を、笑いをこらえながら聞いている。

なんだか、のどかなのだか殺伐としているのだかよくわからない。

ただ、ひとつわかったことがある。

「……パワーコンディショナーの調達は、一筋縄ではいかなそうですね」

「だろ？　今、他人の家の敷地内に入ってゴソゴソやってたらあっという間に通報されてパトカーが来るだろうな。今の家を借りる時だって、留守番をありがとうってむしろ感謝されたぐらいだ」

もともと今回の計画は、疎開した住人の転居先を調べて連絡をするつもりだった。太陽光発電を導入している家庭を探して、家の持ち主に「使っていないパワーコンディショナーを有償で貸してくれませんか」と手紙を書く。

交渉をして許可を得られれば、屋外に設置してあるパワーコンディショナーを外し、北海道に送って再利用させてもらう。

レンタル代金の支払いは、月払いの銀行振込。ここに来る前は、当人の許可がもらえていれば何の問題もないと思っていた。前回の東京行きの時に、疎開する家のほとんどがドアに転居先の情報を書いていくことを見ていたので、その情報を元にコンタクトをするつもりだったのだ。

しかし木島社長が言うに、現在の都心部は空き巣が増えすぎたので、その手の移住先を示した張り紙は警察が回収したのだそうだ。つまり、空き家の持ち主とコンタクトを取るには、警察を経由する必要があった。

都内の治安が悪化しているのなら、慎重にやらないと。

「少なくとも、所轄の警察には一度話を通しておかないと駄目だろうな」

木島社長が言った。

一軒一軒、敷地内工事許可と貸与許可をもらう手間と、中古の機械を集めるという泥臭い手続き。

メガソーラーの設置会社である商社は、きっとそこまではしない。だからこそ、自分たちがやる意味がある。

木島社長はその意義を理解してくれていて、パワーコンディショナーを集めて斜里に送ってくれることになっている。


木島社長の家は、千倉の海岸からすぐのところにあった。もともとは誰か疎開した人の家なのだろう。築年数にして三十年ぐらいの古びた平屋だ。

家の前には、社長のバイクが停まっている。

今日から数日間は、木島社長の家を拠点に毎日動くことになる。明日からは都内に行き、パワコンの設置状況の調査などをする。

夕飯には立派な刺身が出てきた。

「この海辺の町でメシをまかなっていると、魚の調理ばっかりうまくなっちまってな」

「すごーい」

関さんが感嘆の声をあげた。

「木島さんってダンディで格好いいおじさんだね」

彼女が近くに来て、耳元で予想外のことをささやかれた。年上好きなのだろうか。ちょっと動揺する。

「それにしてもお前さん、電気工事屋になるつもりか？」

「いえ、そういうわけでは。あくまで当座、大事なことを考えたらこうなっただけです」

自分の返事を聞いた木島社長が、関さんに話を振った。

「やることが突拍子もなくて、面白いでしょう、こいつは」

「確かに、度胸があるんだか無いんだかよくわかんなくて、面白いです。こいつは」

彼女も笑って言った。いや、こいつ、って。妙に意気投合してないか、この二人。

木島社長が自分に向き直って、真顔で言った。

「俺さ、お前さんが知床への出張から帰ってきた時に言おうと思っていた提案があったんだわ。まあそれも世界停電で結局全部吹っ飛んじゃったんだけどな」

「なんです？」

「帰ってきたらＴｅｃｈＶｉｓｉｏｎの記者をやらせようと思っていたんだよ。本当は」

「僕が、ですか？　せいぜいブログぐらいしか書いたことないですよ」

「そりゃあ、いきなり使い物になるとは思ってない。大事なのは好奇心と探究心だ。俺は、お前さんなら案外いけるんじゃないかと思ってる」

まったく想定外の提案だった。

「自分の取り柄はプログラミングだと思っていただろ？　今までお前さんにいろいろな仕事を頼んできた俺に言わせれば、それは違うんだ」

「どういうことです？」

「必要な知識を見抜いて問題を解決する力。それそのものが、おまえさんの本当の資質なんだよ。自覚しないともったいないから言っとくが」

「あ、それ、なんかわかるかも。この人の突拍子もない言動って、変なエンジンを内蔵している感じがある」

関さんも同意した。

実は自分でも、ピンと来ないわけではない。むしろここしばらくずっと考えていた今後の生き方の指針を、うまく言語化してくれたようにも思えた。

「問題解決のために情報を蓄積するなら、記者は悪くない選択肢だと思うぜ？　……まあ、うちではもう、しばらくは雇えないけどな」

「わかってますよ」

「なんか、うちで働いていた時よりやる気ありそうな顔してるよな、お前さん」

「そうですか？」

「隣りにいる人のおかげか？」

思わず、二人で目を合わせた。

「どうなんでしょうね？」

彼女が笑って、代わりに答えた。

食事の後、木島社長が用意してくれた和室に行くと、当たり前のように布団が二つ並べてあった。驚いてすぐに別の部屋に分けてもらおうとしたが、関さんに止められた。

「そりゃあ同居してる二人って聞いていれば、こうするでしょ。別にいいんじゃない？」

「いや、それはまずいでしょ。自分だって男ですよ」

「へえ、知らなかった。大丈夫、手を出してきたら返り討ちにするから」

ニッコリと、満面の笑みで言われた。どこまで本気なのか、よくわからない。

一緒に住んでいても、並んで寝るのは初めてだった。寝床について少しの間は緊張していたが、長旅の疲れもあってわりとあっさり熟睡してしまった。


翌日、パワーコンディショナーを屋外に設置している家庭はどれだけあるのかを自分の目で確かめてみようと思い、一人で都内の住宅地をいくつか回る。

高架の道路を歩いていると、下にある線路から音が聞こえた。もしかして電車が復旧したのだろうか、と思い、上から覗いてみる。

そこに走っていたのはいつもの銀色に黄緑のラインの山手線ではなかった。見慣れないオレンジ色のラインが入った列車で、パンタグラフがついていない。

「あれは関東近郊のローカル線からかき集めてきた気動車だ」

千倉に戻ってから木島社長に聞くと、そう言われた。

「そんな程度の列車の数で山手線とか、間に合うんですか？」

関さんが言った。

「都内の人口は激減しているし、都心の高層ビルが事実上死んでいるので、それで事足りているようだな」

たかが電車の話だ。でも、都内に人が少なく、山手線に全国各地のローカル線が走っている姿は、まるで東京が田舎に侵食されているかのようにも見えた。


次の日は、遺骨の引き取りに行くことになった。

関さんのお母さんが入っていた施設「悠心の里」と墓地は、横浜にある。世界停電以後は東京湾アクアラインに速度規制が掛かっていて、行くだけでも時間が掛かった。

まずは施設に向かったところ、共同墓地から遺骨を貰い受ける手続きをするために職員さんが同行することになった。

高台にある墓地からは、横浜の町並みと青い海が見える。

「明美さんの数少ない遺品の財布の中に、この写真がありました」

職員さんはそう言って、一枚の写真を渡してくれた。

そこには、幼いころの関さんが写っていた。

色あせて、すり切れている。ずっと、大事にしていたのだろう。

「入所している時には、明美さんはご家族のことを一言も口にしたことはありませんでした。でも私はこれを見て、あらためてご家族を探してみようと思ったんです」

職員さんはそう言って、一礼をしてから、遺骨の返還手続きのために近くの寺に向かった。

渡された写真をじっと見ていた彼女は、長い沈黙の後、「……ずるいよね、こんなの」と小さな声で言った。

「一人で生きるようになってから、頭の隅でずっと考えてたんだ。いつかもし、またあの人に会ったらどんなことを言われるんだろう、私はどんなことを言うんだろう。怒られるのかな、無視されるのかな。もし万が一笑って話せたとしても、あの人はすぐにまた言うことが変わるんだから、会う意味なんてないじゃん。とか、いろいろなことが頭に浮かんで、ずっと立ち止まってた」

自分は、黙って聞いていた。

「でももう、何も言えないんだね……二度と……」

彼女はそう言って、堰を切ったように泣いた。

「……ありがと。ここまで連れてきてくれて。きっと一人じゃ、無理だったと思う」

海に向かって流れるこの秋風が、彼女の中の嫌な思い出を吹き飛ばしてしまえばいい。

そう思った。

北海道に戻った自分は、太陽光発電の設置家庭の募集ポスターを作り、街角の掲示板に貼っていった。

資金面での限界があって、最初に手に入ったパワコンの数はそこまで多くはない。調達のための諸経費を含めるとそれなりの価格になってしまったため、設置を希望した家庭も多くはなく、ある意味でバランスが取れた。

最初の設置工事は、自分たちの家にしてみた。このあたりは役得だ。

数年間だけの仮置きなので、屋根ではなく庭に設置した。関さんが借りているのは元農家さんの家なので、場所だけはたくさんある。

「意外なもんだなあ。電気が三年使えなくなるって聞いた時にはうちの仕事は廃業かって思っていたのに、逆に忙しくなってる」

最初に相談に乗ってもらった電気工事会社の専務が、工事に立ち会いながらつぶやいた。

工事完了後に、点灯式をした。

といっても、蓄電できるわけではないので夜のライトアップイベントみたいな派手なものではない。昼に部屋の照明を点けてみるだけの、ささやかなものだ。

借家の古めかしい照明のひもを引っ張ると、チカッチカッと数度またたいたあと、蛍光灯がついた。関さんと一緒に、灯りを見上げる。

「おお、点いたねー」

「所詮は小規模な太陽光発電ですけどね。夜には使えないし」

「でも、昼だけでも電気が使えればものすごく助かる人は多いんじゃない？」

「ええ。……これでカメラの充電ができますよね」

彼女が驚いた顔でこちらを見た。

「え。なに、まさかそれだけのためにこんな大掛かりなことをやったの？」

「さあ、どうでしょうね」

そらとぼけて、そう言った。

実際にはもちろん、カメラの充電だけが目的ではない。だが、いろいろと苦労したのだからこれくらい格好つけてもバチは当たらないのではないだろうか。

ただ、課題はまだまだある。

「これで終わりじゃないです。この冬を乗り切らなくちゃ」


町民会議は回を追うごとに参加人数が増えていった。

公設の魚菜市場が冬の間に雪室を作る計画を立てていたり、地域振興ボランティアが街中で使われていない建物を解体して薪を作る、などという話があった。まだ冬の気配は薄いが、すでに厳しい季節への準備をうかがわせる話題が増えている。

会合の中で、斜里タイムスという地方新聞の社主である浦田さんと知り合いになった。

この人は斜里の前町長でもある。

月三回発行されていた斜里タイムスは、浦田氏が十年ほど前に町長選に立候補して当選した際に「権力を監視するべき新聞社の社主と町長を兼任すべきではない」という社告を出して、休刊したのだそうだ。

前回の選挙で現町長に敗れて以来、鳴りを潜めていた浦田氏が町民会議に出席したことは、密かな驚きをもって迎えられた。

みんなから政治的な話をするのかと思われていた浦田氏は、しばらくは何も話さなかった。そして、会議が終盤になり議題も尽きたころにいきなり立ち上がって話し始めた。恰幅がいいのでかなりの存在感がある。

意外なことに、話の内容は政治とは無関係だった。斜里タイムスを復活させようというのだ。

「今この時ほど、ありとあらゆる情報が必要となっている瞬間はありません。町民のために、今こそ新聞が必要です。そしてこの停電下での町の暮らしを記録し、後世に残す。これはもう、私の使命と言っていいと思っています」

話しっぷりこそまるで政治演説のようだ。だが内容はあくまで、民間による情報の速報媒体が必要だ、という話だった。

浦田氏は、情報があったらここに連絡をしてほしい、と会社の住所やアマチュア無線のコールサインなどが書かれた名刺を全員に配っていた。

「やってみなよ。木島さんも勧めてたじゃん、それ」

テーブルの上に置いた浦田氏の名刺の前で、自分はここしばらく悩んでいる。

名刺の裏面には、「記者募集中!」と書かれていた。

「いや、簡単に言うけどさ、給料が交渉制の時価って厳しくない? これなら、いざとなったら食べ物を現物支給してくれるニンジン工場のほうが安心感ありそうなんだよね」

「給料時価制は、むしろ良心的。最近では普通だよ、それ。物価が上がりまくってるから毎回時価として交渉しないと、雇われてるほうが不利になっちゃうんだから」

「そもそも、僕なんかが雇われるかなあ」

「履歴書に元メディア企業勤務って書いたらいいんじゃない?」

「いや、ただのプログラマーだし」

「いいのいいの、ある程度はハッタリ利かせなきゃ」

今まで新聞記事など、書いたことがない。フォーマットが決まっている文章という意味ではひょっとしたらプログラムに近い部分もあるのかもしれないが、やはり不安がある。

「私も行こうかな」

まごついているうちに、関さんが予想外のことを言い出した。

「え？　関さんも？　カメラマンの募集はしてなかったような」

「でも、写真は必要なはずでしょ。試しに行ってみることにするよ。……それなら怖くないんじゃない？」

「そんな、子どもに同行する保護者みたいな言い方しないでくださいよ」

浦田社主の元に二人で面接に行ってみると、思いの外歓迎された。元プログラマーであることを伝えても、「技術屋さんですか。それはなおさらありがたい。今時らしくパソコンで編集しようと思っているのですが、何しろ私、ＩＴには疎いので」とむしろ重宝がられた。

結局、自分が取材をして記事を書き、浦田社主が校正。そしてカメラマンとして関さんも無事雇われることになった。

仕事場は、町なかにある社主の自宅の二階。外階段を上がったところにある、こぢんまりした編集室だ。

ここはもともと太陽光発電を導入していたため、昼間であれば電気が使えた。ならばパソコンもプリンターも動かせるわけで、仕事はできる。

「すごい量の紙ですね」

印刷機のそばには、床が抜けそうなほどの大量の紙が積まれていた。

「釧路にある製紙工場から直々に調達しました。昔のつてですよ」

社主の机の横では、いまや電話代わりの機器としてすっかりお馴染みになったアマチュア無線機が、にぎやかな音を出していた。

「でも、これだけ紙があっても、毎日印刷して全戸に配布をしたらあっという間に在庫が尽きちゃうんじゃないですか？」

関さんが言う。

「そもそも全戸配布は考えていません。現在の他の新聞と同じように、街角の掲示板に貼るものにします。今大事なのは新聞としての体裁ではなく、情報そのものですから」

なるほど、その方法ならこれだけ紙があれば十分だろう。

「あと、ついでに言うと、日刊ではありません。斜里タイムスは昔から週刊ですよ」

自分の仕事は多岐にわたった。新聞に掲載しなければいけないものはたくさんある。

地味なものとしては、天気予報や列車の時刻表、地元病院の診療スケジュールなど、近年ではインターネットで調べれば済んでいたような情報の調査だ。

網走気象台と毎日無線でやり取りしてもらう天気予報は、気象衛星が使えないわりにはそれなりの精度で、農家の人などに重宝された。

やがて、町内の様々な場所に取材に行くようになった。

不謹慎な話かもしれないけれども、停電当初に起こったことを聞きに町内を回ることは、とても楽しい仕事だ。

それは、世界停電前までは意識することもなく生活に使っていた様々な社会システムを、つまり世界がどのように成り立っていたのかを知る作業と言えた。

例えるなら、毎日が小学校の社会科見学とでもいおうか。世の中って見事な仕組みで動いているのだなあ、とこの歳になって勉強することがたくさんある。

そして東京行きの時にも感じた、世界停電後の社会や人の復興への努力や工夫にも、相変わらずいちいち感心してしまった。


「いやあ、あの時はひどい目にあった！」

下水処理場に取材に行くと、待ってましたとばかりに言われて、ちょっと驚いた。

この人は町民会議でも何度も顔を合わせているので、話が早い。

斜里町の場合、上水道は来運地区から引いている。来運からは縄文時代の遺跡も出土したことがあるそうだ。きっとあの水は昔から生活のインフラだったのだろう。

来運地区は高台にあるため、水は、町までは自然に流れ下りる。実は上水道は、基本的に電力に頼らなくても特に支障はなかったらしい。

ならば停電直後に数日間給水がストップしていた理由はなんなのか。それが下水道設備の停止だった。こちらが復旧しない限り上水道も開通できない。

おかげでこの人は数日間、苦情の山に襲われて胃が痛い思いをしたそうだ。

「ここは電力が結構必要な設備なんだわ。下水処理って何やってるのか知らないっしょ。簡単に言うと、微生物に雑菌を食わせて濾過するの。案内するからこっち来てみ？」

カメラを持った関さんと一緒についていくと、円柱形の大きなタンクがあった。

「こうやってタンクをかき混ぜながら、適度にブロワーで空気を送らないと微生物が死んじゃうわけ。単に水が流れない、っていうだけの上水道とは全然違う問題があるの。あの日、下水施設本体は非常用電源で動いていたんだけども、町内各所のポンプの電源を確保するのが大変でねえ」

そういえば、役場の会議に出席したときにそんなことを言っていたような覚えがある。

「町の電力優先設備に割り当てられて、ようやく安心できたよ。それまではうちの可愛い微生物ちゃんが全滅して、自分がうんこの山に埋もれて死ぬ夢を見てたさー」

斜里町の隣町の小清水町には近隣市町村で唯一、人工透析ができる病院がある。

自分が知る限りでは、ここが一番と言っていいぐらい緊急性の高い施設、止まったらまずい設備だ。

取材に行ってみると、やはりここも大変だった。

停電後すぐのころ、血液濾過透析（ＨＤＦ）で使う補充液や抗凝固剤の確保で困難が生じていたのだ。

政府も製薬業にだけは最優先で電力を回したので、本州では生産されていたのだが、それが北海道までなかなか入ってこなかった。

結局、道外との輸送が回復していない時点では、ドクターヘリを使って津軽海峡を越えて薬剤を函館まで緊急輸送していたのだそうだ。

目視での飛行ができるヘリコプターやセスナなどの軽飛行機は、世界停電の後かなり早期に飛行が再開されて、今現在も重要な物資や短距離の輸送などに活躍しているらしい。

ちなみに、自分が先走って東京まで取りに行ったB型肝炎の薬。あれは時間的猶予がまだあったから後回しにされていただけなのだそうだ。

緊急時だからこそ、やるべきことに優先順位を付けることが大事なのだな、と思う。

病院関係者としては、自分の努力ではどうにもならない薬剤の確保の問題よりも、自家発電機の燃料切れや故障が起こらないかが気になって仕方がなかったという。

自家発電機はあくまで予備電源として用意されていたもので、病院内の全機器を動かせるようなものではない。そして、ここまで長期にわたって使用することも想定されていない。

万が一電気が切れた場合、患者監視用のモニターや人工呼吸器、手術用機器など、診療に不可欠で生命維持にすら影響を及ぼす医療機器がたくさんあった。

自家発電設備での長期運用は、いわばジャンボ機の片翼のエンジンが壊れたまま飛んでいるようなもので、最近になって予備電源のスペアが用意されるまでは生きた心地がしなかったそうだ。

世界停電後しばらく経つと、信号にはカバーが掛けられて、交差点前には必ず「止まれ」の標識が立てられるようになった。

面白いのがこの標識、必ずしも金属でできていない。近寄ってじっくり見てみると、むしろほとんどが木製で、よく見ると一枚一枚手で塗っているように見えた。

裏を見ると、公安委員会認可、というラベルが貼ってある。

興味が湧いたので公安委員会に聞いてみると、停電発生後の仮設置標識は各市町村で手作りしていることがわかった。

斜里警察署でさらに確認してみたところ、町内の印刷会社が標識を作成していた。紙が入って来なくなり廃業の危機かと思われた印刷会社。しかし意外にも、仕事は多いそうだ。

回覧板用の文書、例の街角の掲示板に貼るポスターなど、従来通りの紙を使った仕事の他に、看板作りが加わったためだ。

「最近のうちの会社は半分看板屋だね、もう」

取材に答えてくれた印刷会社の社員は、ペンキがあちこちについた作業着姿だった。確かに印刷屋にはあまり見えない。

ガレージの床に、標識の形にカットされた大量の板が並んでいて、社員が鉛筆で下書きをしたり、ペンキを塗ったりしていた。

「今は信号機のある交差点は全部一時停止して左右を確認する、というルールになっているでしょ？　でも、あれはあくまで自然発生的に決まったルールなわけでね」

世界停電後、数は少ないけれど、このあたりでも事故はあったという。やはり安全上は正式な標識が必要になる。

標識は本来であればアルミニウム合金製だ。ただ、今の状況で新規生産などできないから、鉄板だろうとベニヤ板だろうと、標識のマークが正しくて裏に公安委員会の認可証さえ貼ってあればＯＫということになったそうだ。

「おかげでうちみたいなただの印刷屋でも、なんとか作れるってわけ。正確には、最後に標識として組み上げる時は町内の建具屋さんと組んでやってるんだけどね」


牧場の取材では、いかに酪農家や畜産業者にとって電力が必須なのかがあらためてよくわかった。農家や漁師に比べると、明らかに影響が大きい。

酪農家は電力を使う機械を仕事にフル活用しているため、何らかの発電機を持っているケースが多かった。

中でも、トラクターの車軸の回転を駆動力にする「PTO軸駆動」の発電機には、こんなものがあるのかと驚かされた。ある程度裕福な酪農家なら持っているものらしい。

PTO発電機には、移動させやすいというメリットがある。磯分内《いそぶんない》や中標津《なかしべつ》にある乳製品の加工工場では、各酪農家が搾乳の時間帯を互いに調節してローテーションを組んで工場に発電機を移動させることで、製造機械を再稼働させたのだそうだ。

PTO発電機は業務用の二〇〇ボルト電源も使えるので、工場に直結することでかなりの設備を動かすことができた。

牛乳の加工工場が再開したため、自分が最初にお世話になったあの北峰ファームも、今では無事にやっているらしい。搾乳時間こそズレたものの、今では電源も近隣の酪農家から有償で貸してもらえていると聞き、ホッとした。

酪農業だけではなく、畜産業でも停電の影響は大きかった。電気柵が使えないから、丈夫な柵を作らないと放牧もできない。子牛の出産を監視するための無線カメラも使えなくなってしまったので、夜も熟睡できない。

肉の需要は高いのに、電気ショックでの屠畜ができないので、加工することもままならなかった。のちに二酸化炭素を使う屠畜方式に変更したが、設備が整うまで少し生産が滞ったそうだ。

「農家と酪農家でここまで被害に差が出るとはなあ」

天災はいつも気まぐれで、不条理だ。文句の言いようがないので当たり前ではあるが、黙々と試練に対処する生産者の人たちには本当に頭が下がる。


斜里タイムスを含めた全ての新聞は、A3サイズの紙面が毎日少部数だけ印刷されて、例の街角の掲示板に貼られている。

取材先で同席した道内大手新聞社の記者に全戸配布をしない理由を聞いてみると、これは紙の手配の問題らしい。

新聞の紙は再生紙だ。世界停電前には釧路の製紙工場に全国各地から古紙が集められてきて、日本中の新聞紙が作られていた。

世界停電の発生後にまず問題になったのが、一時期の北海道の孤島化だ。原料となる古紙が入って来なくなって、発行ができなくなった。

そして一ヶ月後に北海道の「輸入」ルートが再開しても、今度は全国的な紙不足が起こっていて、結局再開はできなかった。

新聞各社や出版社、そして製紙業界の働きかけも虚しく、製紙工場や新聞社は政府からライフライン優先施設としては認められなかった。

広報メディアとしてはすでにラジオがあった。比較的電力リソースを食わないラジオと違って、莫大な電力と輸送コスト、つまりガソリンを食う紙メディアの復旧は後回しにされた。

ただでさえ以前から購読者が減っていた新聞業界は、世界停電で業態を大きく変えざるを得なくなった。

掲示板に貼ってある新聞は見出しだけがやたらと大きく、内容を読んでもそこまで詳細は載っていない。紙面が小さく、街角で立ち読みするという状況から生まれたスタイルなのだろう。

詳細記事の購読は有料になっていて、申し込んで料金を払うと郵送されてくる。仕事に使う資料のために何回か頼んでみたら、詳細記事の内容は以前と同じ品質だった。だけどこれ、商売になるのだろうか。みんな見出しだけを流し読みして、詳しい中身を読まない気がする。

世界停電の初期に疑われた、原因がＥＭＰ攻撃である、という説は今も根強く残り、一部の人に定着してしまった。

あの対策会議の頃とは違い、今回の停電の原因が太陽嵐であることは、今ではニュースや新聞などで散々報じられている。だがＥＭＰ説を支持する人は、ごく一部の記事をソースに陰謀論を信じ続けた。

図書館で新聞のバックナンバーを調べると、たしかにＥＭＰ攻撃を疑うような記事はあった。

だが内容をよく読むと、むしろそれを全面否定していた。見出しだけがキャッチーに「CMEではなくEMP？」と書かれている。

ネットのニュースみたいだ、と思う。ややもするとわかりやすさや面白さが優先されて、内容はろくに読まれない。

細かいニュアンスや正確性、時には真実までが犠牲になる。見たいものだけを見てしまう、あの感じ。

今は日々の生活の記事がほとんどで、政治的な記事が薄いからまだそこまで実害はないようだけど、現在の社会全体に渡る絶対的な情報不足が今後も続いた場合には、いろいろと問題が起こっていきそうな気がする。

中世。それは不便な時代というだけでなく、あらゆる意味で非科学的な時代だったとも言える。

一度手に入れた科学的知識をそう簡単に忘れるとは思えない。

でも、どんなこともいずれ忘れてしまうのが人間でもある。

せめて自分が書くものは、できる範囲で正確性を保ちたいと思う。本当に必要なことを、忘れてしまわないように。

ソーラーパネルを分散させる事業は、設置費用の問題とパネルの数量不足が足かせとなり、ある程度の数が出たところで頭打ちになってしまった。これでは全戸をフォローするには程遠い。

電気ストーブしかない家庭が町内にもう一軒もない、とはとても思えなかった。冬に向け、まだ不安は残る。

十月に入ると、一気に肌寒さを感じるようになってきた。

そして街中の道路で、ダンプカーをやたらと見かけるようになった。一体何を運んでいるのだろう。

浦田社主に聞くと、そう答えが返ってきた。初めて聞く名前だ。

「ビートですよ」

「ビート。別名、てん菜。グラニュー糖の原料ですね。日本の砂糖の八十パーセントは、北海道で作られています。斜里の町外れには、北海道内でも有数の規模の製糖工場とでんぷん工場があるんですよ」

畑で一斉に収獲される大量のビートを工場まで運ぶために、毎年この時期になると北海道中のダンプカーがここに集まってくるのだそうだ。

確かにナンバープレートを見ると、このあたりの車に普通ついている北見ナンバーだけではなく、旭川や釧路ナンバー、六百キロ以上も離れている函館のナンバーまであった。

会社から家への帰り道。町外れの道沿いに、二つの工場が見えた。

大きな煙突からは、煙が出ていない。ひょっとして今年は電力が足りなくて稼働できないのだろうか。

……ふと閃いて、運転中の関さんに言う。

「ひょっとしたらあの工場も、他の町の生クリーム工場と同じようにＰＴＯ発電で動かせたり、しないかな。トラクターを集めて」

「うーん、わかんないけど、工場の稼働状況は浦田さんも気になってるみたいだし、取材がてら提案してみれば？」

社主に相談したところ、工場を経営している斜里農協の部長の山口さんという人を紹介してもらい、工場の事務所で話を聞くことができた。

「斜里タイムスの香山です。よろしくお願いします」

「はい、どうも。山口です。よろしく。こいつは田辺といいます。電験三種の資格を持っている、この工場の電源周りの担当者です」

山口部長が、隣りにいる真面目そうな青年を紹介し、丁重に挨拶をした。

「工場の電源関係についてアイデアがある、とうかがっていますが」

田辺さんが、向こうから話を切り出した。緊張しながらも、自分で考えたプランを率直に話してみる。

農家や酪農家が所有している発電機を敷地内に集中させ、発電機と生産設備を直結。変電設備を経由しないで工場の電力をまかなう。

二人は黙って、自分の話をじっくり聞いてくれた。一通り聞いてから、田辺さんが口を開く。

「結論から言うと、残念ながらその方法では無理ですね。PTO発電機だけで補えるほど、この工場の規模は小さくないんです」

「なにせうちは、八万キロワットアワー使ってるからなあ」

山口部長も言う。

「キロワットで言われても、あまりピンと来ないんですが……」

「他の例えで言うなら、そうだなあ……人口約十万人レベルの町全体が使う電力、だね。うちの年間の電気代で言うと、一億五千万円ぐらい。一台だけで六六〇〇ボルトの電力を使う機械もあるから、PTO発電機の最大四〇〇ボルト程度じゃあ、とてもとても」

ちょっと想像を超えたスケールだ。そんな規模の工場を、寄せ集めの発電機だけで稼働できるわけがない。

やっぱり思いつきでどうにかなるような甘いものではない、か。

「……この工場はもう、どうにもならないんですか」

「いえ、なんとかしました」

「え？」

田辺さんがあっさりと言った。山口部長が先を続ける。

「でんぷん工場は自前で発電しないで電力会社から買ってたから、普通だったらどうしようもない。だけど、隣にある製糖工場は石炭による発電機で自家発電をしているんだよ。あの発電機は世界停電の発生時にはオフシーズンで停止していたから、変電設備も無事だったんだ」

「本当に運が良かったです。世界停電の発生から工場の稼働まではまだ数ヶ月あったので、こちらの工場にもなんとか電力を融通してもらう話をつけて、配線をしました。それでも完全に稼働させるには多少電力不足でしたから、香山さんも考えていたＰＴＯ発電機も組み合わせてますけどね。ほとんどの設備を稼働させるプランが、ギリギリでようやく完成しかけているところです」

田辺さんが少し誇らしげに、言った。

「僕が考えていたぐらいのことは、全部もう計画されていたんですね」

「まあ、この工場が止まるっていうのは、大変なことだからね。一生懸命プランを練ったよ。……香山くんは、日本の食料自給率が大体いくらぐらいか知ってるかい？」

山口部長にいきなり問われ、戸惑う。

「ええと、大体四十パーセントぐらい、でしたっけ」

思う？」

「そうだね。カロリーベースで大体それぐらい。それじゃあ、北海道内に限るとどうだと
　全国平均より多いことは想像できるが、具体的な数字は知らない。山口部長が答えを言った。

「正解は、二百パーセント以上。今の日本国内で、これだけの食料を生産できる場所は他にない。ぼくの試算では、この街に限ると食料自給率は七千パーセントにも達する。そして砂糖やでんぷんは消費期限が存在しないし、冷蔵の必要もない。停電下でも容易に保管できる貴重な食料だ」

「ここは、絶対に稼働させるべき工場なんですね」

「まあそれ以前に、ここの稼働を前提として、農家は春には種芋を植えてしまっているからね。いまさら動かせませんなんて言えるわけもなかったんだよ」

　山口部長が苦笑して、言った。

「この工場はそれだけ大事なものだという共通認識はあるので、すでにPTO発電機の提供に関して、周辺三町の農家と酪農家さんの協力態勢が整っています。調整は結構、大変でしたけどね」

「酪農家さんも全面協力してくれているんですか。同じ農協に所属しているからですか？」

「でんぷんの製造過程で出るでんぷんカスや、製糖の過程で出るビートパルプっていう繊

維分は家畜の飼料として使われているからね。でんぷん工場と製糖工場は、酪農家にとっても重要な施設なんだよ」

「そういう農家さん、酪農家さんのご協力もあり、製糖工場の稼働日をずらして電力を融通してもらったりして、なんとか大体の設備は稼働できる電力を確保しました。例年より生産量は多少落ちますけどね。……ただ、まだひとつ問題がありまして。それが解決しない限り工場の稼働は難しいので、今は最後の調整中です」

「どんな問題なのでしょう」

もともと取材を兼ねた訪問なので、メモを片手にとことん聞く。

「でんぷんの製造工程の最後で出る、排水の処理ができないんですよ。製糖工場の電力で動かせるのは生産設備までで、処理作業に掛かる電力は出力的に足りないんです」

田辺さんが、困ったような顔で言った。

「処理できないと、どうなるんです？　有害な排水が垂れ流されちゃうとか？」

「いや、農産物の加工で出た廃液だからね。有機物がたっぷりで、むしろ有益なものだよ。川に流すんじゃなくて、畑で再利用するんだ」

「じゃあ、なんです？　問題って」

「畑が臭くなる」

山口部長が一言、そう言った。

「……はい？　それだけですか？」

「いや、真面目な話。廃液を処理しないで畑に撒くと、超臭くなるんだよ。このあたりの三町村全域に匂いが漂うレベル」

「肥料としては何も問題ないけど、そこだけはどうにも難しいんですよねえ」

二人はそう言って、うなずきあっている。

「いや、今、そんなことを言っている場合じゃなくないですか？」

この工場の重要さを考えれば、匂いぐらいどうってことないだろう。そう思ったが、山口さんは真顔で言う。

「こういうことで全員に了解をもらうってのは、簡単そうで結構大変なんだよ」

山口さんが何かを思いつき、言った。

「ああ、そうだ。香山さんにお願いするとしたら、それだな。斜里タイムスで『畑が臭くなるけどこれこれこういう理由なので我慢してください』って記事を書いて、周知してくださいよ」


帰りは、二人が外まで見送ってくれた。

工場の構内にある変電施設は確かに今まで見たそれとは違い、黒焦げになっていなかった。この出力の変電設備が無事だったのは、不幸中の幸いだろう。

その時気付いた。人口十万人の町の電力をすべてまかなえる規模の発電機と変電設備が無事、ということは。

「ここから町まで配線をすれば、工場が稼働中の今はともかく、オフシーズンは普通の家庭もここの電力を使えるんじゃないですか？」

率直な疑問を山口部長に問いかける。

「いや、そんな高圧電線はそんなに簡単に街まで配線できないんだよ。クリアしなくちゃいけない問題が山ほどある。一応話は進んでるけど、実現は早くても来年以降だね」

「でんぷん工場は製糖工場と隣接しているからこそ、短期間でなんとかなったんです」

田辺さんもそう言った。やっぱり自分が考えるようなことは、当たり前のようにもうみんなが考えている。同じ間違いを繰り返したようで、恥ずかしくなった。

「今日はなんか、すみません。部外者が変なことを言い出して」

「いや、面白かったよ。そのアイデアは一人で考えたのかい？　結果的にはうちらで計画しているものとほぼ同じだったけど、その心意気は実にありがたいね」

山口部長が、優しい言葉を掛けてくれた。

「……この街の人たちって、新しいことをやろうとする人を本当に否定しないですね」

「ん？」

「応援はしないとしても、反対もしないというか。少なくとも放っておいてくれるじゃないですか。僕にはそこが、とてもありがたいです」

「なるほどねえ。そういう気質はあるかもなあ」

山口部長は腕を組んで、そう言った。

「以前、ぼくの親父が、自分が生まれた場所に連れて行ってくれたことがあってね。舗装もされていない林道を車でずっと走って、ここに家があったという場所に着いたのだけど、原野どころか原生林の真っ只中。周りは森と山と川しか無い」

山口部長のお父さんは農業をやっていたそうで、毎朝森の中から七キロ歩いて自分の畑に向かっていたのだそうだ。

「でもね、意外にも電気はあったって言うんだよ。そんな生活でも。近くの川に水車を作って、自家発電してたそうでね。そういう、世間一般では『変わり者』と呼ばれるような人たちが新しい技術を生み出して、この土地での生活をどんどん楽にしてきた。北海道には、この街には、そういう歴史がある。……道産子には、育ち始めた芽を潰すなんて発想は無いな。そんなもったいないことは、うちらはしないよ」


工場からの帰り道。今年の収獲がほぼ終わって土がむき出しになった畑が、はるか彼方まで広がっている。まるで昔からこういう風景だったように思えてしまうが、つい百年ちょっと前までここはすべて原生林だったんだよな。

開拓期の人たちは原野を、電気どころかトラクターもなしで、人馬で開拓してきた。それはきっと、今の停電すら生ぬるく思えるぐらいの、苦難の連続だったことだろう。

「あの時代にできたことが今の自分たちにできないとは思えない、できないと言いたくない。そう思わないかい？」

山口部長から言われた言葉が、心に残った。

「……というわけで、工場を稼働させるウルトラCを伝えるつもりで工場に行ったら、畑が超臭くなることを町民に教える係を任じられました」

「あはは！　なにそれウケる」

斜里タイムス社に帰ってから簡単な報告をすると、関さんに大笑いされた。

「ウケないでくださいよ」

「まあ、大きい小さいにかかわらず、人の役に立てるのはいいことだよ、うん」

「香山くん、いい仕事をしましたね。あの工場は街の産業のシンボルみたいなもので、地元の人間にとってはあって当たり前の風景です。今年もその当たり前の風景を見るために、私たちも協力するとしましょう」

浦田社主がそう言って、斜里タイムスの次号は工場の特集になった。知っているようで知らない地元の産業について書かれたこの記事は評判がよく。理解の一助になれたのではないかと思う。

その後、十月の中旬に二つの工場は予定通り稼働し、大きな煙突から水蒸気がたなびいた。街は畑から漂う匂いで確かに臭くなったが、町民同士の世間話のきっかけになる程度で済んだようだ。


世界停電から四ヶ月ほどが過ぎたこの頃、予想外に早く復旧したものがあった。回線スピードは限定されているものの、最低限の通信ができるようになった。

停電発生直後に何が起こっていたのかを知るために、回復したメールを使って早速大手携帯会社への取材を試みたところ、回答が届いた。


〉世界停電の初日に、LTE、高速通信が可能なアイコンが表示されていたのに通信ができない状況がありました。その原因は？

携帯電話の基地局は、バッテリーで丸一日以上稼働することができます。しかし、携帯基地局同士の通信は有線の光ファイバーです。今回のケースではその基幹通信網が全国的に寸断されてしまいました。通話と通信がともに利用不能になったのはそのためです。

〉携帯電話会社には、災害用の移動基地局車があると聞いたのですが、今回は出動しなかったのですか？

当社は移動基地局車や移動電源車を保有しておりますが、これもあくまでバックボーンとなる有線ネットワークがある程度正常に稼働していることが前提です。

＞停電が続いている中で今回、携帯の回線だけが先に復旧できたのはなぜでしょう？

基幹通信網を有線から無線に切り替えたためです。あくまで停電回復までの応急処置ですが、現在は携帯基地局同士を広域無線ネットワークで結んでおります。前述の通り、携帯基地局には自家発電が設置されておりますので、燃料さえ定期的に補給すれば稼働できます。

＞通信スピードが遅い理由は？

広域無線ネットワークの、バックボーンの細さが原因です。テキストベースのメールやIP電話を最低限利用できる程度の回線速度を想定し、一人あたり200Kbpsの帯域制限をさせていただいております。ご迷惑をお掛けしていて申し訳ありません。


メールでは丁重にお詫びされたが、実際にはご迷惑どころか、みんなが喜んでいた。これでようやく、遠方の人と「公衆電話」や手紙によるやり取りをしないで済むようになる。

ITインフラの復旧は物理的な物資が必要な部分が少ないためか、予想以上のスピードで進んだようだ。

通信の回復とともに、以前の騒々しいWebが帰ってきた。

検索エンジンという、なんでも答えてくれる先生が突然いなくなった世界で、年配の方にいろいろと生活の知恵を教えてもらうことはとてもいい体験だった。

だが、Ｗｅｂの世界にどっぷりと浸かった生活を長年続けてきていただけに、いざ使えるようになるとやはりホッとする。

通信回復の初日、関さんに言われた。

「あの時の投稿のこと、わかったよ」

「？」

「ほら、これ」

最初は何のことかわからなかった。スマートフォンの画面を見せてもらってようやく思い出す。

ＣＭＥの前日に、これから起こることをＷｈｉｓｐｅｒ上で予言していた名古屋の大学教授。通信が回復したことで、例の投稿をシェアしていた人の素性がわかったという。

「陸別にある天文台の、職員さんだったわ」

彼女が、意外そうな顔で言った。予想外に近くの人だったので驚いたのだろう。

陸別町は斜里町から百十キロほど離れたところにある。「日本一寒い町」と言われており、冬には周辺の町より圧倒的に低い気温を叩き出すそうだ。内陸で地形的に凹んだ位置にある街のため、冷気が流れ込むらしい。

あんなところに天文台が？

寒いためなのかどうかはよくわからない。少なくとも空気は澄んでいる土地なのだろう。軽く検索してみたところ、シェア元の投稿をした教授はこの天文台の名誉館長をしていて、オーロラ研究の第一人者なのだそうだ。

取材許可をもらい、向かう。

天文台は陸別町の郊外に広がる森の中にあった。

館内にはむしろ科学館のような設備が多数ある。簡易式の、風船のようにふくらませて使用するプラネタリウムもあった。二階には巨大な天体観測用望遠鏡。残念ながらほとんどの設備は停電で使えない状態になっていた。

壁には、あの時に自分が見た赤いオーロラに似た写真が貼ってある。過去数十年間にわたって北海道で何度か発生した低緯度オーロラを、高感度カメラで撮った写真だった。

北海道の田舎町にこんな施設があったのか、と驚く。

技師の方に、話を聞いた。例の投稿をシェアしていた人だ。

「今回のCMEは百年前のキャリントン・イベントに毛が生えた程度の、ごくありふれた常識的なクラスのもので、幸運だったと思っています」

開口一番でそう言われたので、驚いた。この被害でもラッキーだった、って？

「千年に一度レベルのスーパーフレアではなくてまだよかったです。その場合は私の予想では、普通の電線もすべて焼き切れ、電源の入っていない電化製品でも全部ショート。そしてコンピューターが内蔵された今時の車は全部走らなくなると思ってましたから」

「なんでコンピューターが？」

技師さんは「そのへんは見てもらったほうが早いですね」と言い、事務所の奥から小型の発電機を持ってきた。

館内にあった宇宙線を計測する機械の電源を入れる。装置内に飛び込んできた宇宙線の数が赤いLED画面に表示される仕組みだった。

あっという間に数十個の宇宙線が観測されて、驚く。

「大気で守られている陸上でさえこれですからね。あの時に宇宙空間で大量の宇宙線に直に曝された衛星はメモリエラーを修復しきれずにダウンし、位置制御すらできなくなってしまったわけです」

なるほど。こんなのを地上で喰らったら精密機器にどんな影響が出るかわかったものじゃない。多少悲観的すぎるようにも思えたが、案外これでも幸運だったのかもしれない。

「まあそれ以前に、あれがもしスーパーフレアだったら原発の補助電源までがやられて、本当に世界は終わっていたはずです」

技師さんは、また恐ろしいことを、さらっと言う。

館内には、名古屋の大学の研究設備も併設されている。研究室の前の机には、オーロラや地磁気、そして太陽フレアに関しての小冊子がたくさんあった。まさにこの場所は今回起きた事象の専門家が集まる場所、と言っていいのだろう。読んでみると、太陽嵐の発生前後には太陽黒点が通常より多くなる傾向があるのだそうだ。まあCMEの発生元が太陽の黒点なのだから、当たり前の話ではある。

「今の黒点って、どんな感じなんです？」

「それなら自分の目で確認できますよ。電気も使わないから、外に行けばすぐ見られます。あ、ただ、太陽をそのまま見ると目を痛めちゃいますから、これを使ってください」

技師さんはそう言って、太陽観察用のグラスを渡してくれた。

外に行ってグラス越しに太陽を見ると、驚いた。

せいぜいホクロぐらいの点だと思っていた黒点は、太陽の面積と比較してもはっきりわかるほどの、大きな穴がいくつか連なった「傷」だった。例えるなら、銃で同じ位置を狙って連射して空いた穴。

なんだこれは。眩しくてわからなかったが、あの夜からずっと太陽はこんなことになっていたのか。

「CMEの発生直後はもっと大きかったですよ」

隣で技師の方が言う。

「関さん、これって写真に撮れる？」

「カメラで直接撮るなら、よっぽど遮光しないと」

「じゃあ、このグラス越しに撮ってくれますか。無理矢理でもいいので」

あらためて聞く。

「ここでは事態の全貌を、前日には全部わかっていたってことですか。何かできることはなかったのでしょうか」

「何も。特にスーパーフレアだった場合は打つ手なんてゼロです。人間ができるのは、観察して、分析して、伝える。それだけです。地震みたいなものだと思ってください。大きい太陽嵐が来るとわかっていても、直前の警告ぐらいしかできません」


技師さんとの話の最後に、今現在のテレビ放送について、興味深い話が聞けた。

「世界停電の直後は、停電の原因についてテレビがあまりにもいい加減なことを言っていたので、思わず北見放送局に苦情を言いに駆け込んじゃいましたよ」

斜里と違って北見のNHKは放送局と送信所が近かったので、広域無線WANで強引に繋いで比較的早期に放送を復旧できたのだそうだ。そのため、北見に近い陸別も、ワンセグ等はなんとか受信できた。

「まあ、どっちにしても当時はキー局からの映像も一切ストップしてしまっていたし、できることといったらローカルの停電関係情報を繰り返し流すぐらいでした。あれではNH

Kも、地域のコミュニティFMぐらいの意味しかないですね」

世界停電の発生以来、一番割りを食ったメディアはテレビであろう。映像データは大きすぎて、通信が復活した今でも帯域制限のせいで送れない。キー局からの映像のディスクを物理的に配送してやり取りしているため、どうしても情報が遅くなる。

受信エリアは狭く、情報は遅く、そして企業の活動停止によりCM収入まで失った。

国民的なメディアだったはずのテレビ局は、世界停電を期にあっという間に「使えないメディア」という烙印を押されてしまった。

今後三年で民放は二局まで減ってしまうのではないか、という予測まであった。一度テレビを見ない生活に慣れてしまうと、習慣として復帰することは難しいようだ。

テレビと比較すると、復活したインターネットはすんなり受け入れられた。なにしろ各自、連絡したい相手、調べたいことが山ほどあった。

回復したのが携帯のネットワークだったところも影響しているのであろう。

なにしろ、気軽だ。スマートフォン程度であれば、車で充電ができる。テザリングを使い、パソコンでウェブを見る自分のような使い方はむしろ少数派だ。

そんなある日、木島社長からメールが届いた。

そこに書かれていたURLを開いてみると、「Resume《リジューム》」というテキストベースのシンプルなデザインのサイトが表示された。生活復旧支援情報サイト、というサブタイトルがつけられている。

トップページには、干物や燻製や漬物などの長期保存できる食材の作り方、水の濾過と蒸留、食べられる野草の種類とその調理法、野菜のシーズンと家庭菜園の作り方、冷蔵庫代わりの食材の土中保管方法、そして世界停電の体験談、復興状況など、役立つ情報がたくさん並んでいた。

メールの文面には「新サイトを立ち上げた。前に一度言った記者の仕事のことだが、やってみる気はないか？」と書かれていた。


十月の中旬、しれとこびとのレストランで行われるというコンサートに、関さんを誘った。ここには停電前からいろいろなジャンルのミュージシャンがやってきていて、小さなコンサートの会場になっているのだそうだ。

当日の夜にはレストランの奥の席が片付けられて、演奏者のスペースが作られていた。大きな暖炉に薪がくべられ、暖かい。

スピーカーもマイクもなくても、レストラン内という小さな会場であれば充分に音が通る。以前から北海道内をツアーしているというアーティストが、アコースティックギターと自分の歌声だけで見事なパフォーマンスを見せてくれた。

「ちょっと寄り道をしてもいいですか？」

コンサートの後、関さんにそう言って、町外れにある展望台に向かった。ここには知床にやってきた初日にも、一度来たことがある。

すっかり夜も更けて、誰もいなかった。展望台の横にある国道は全長約十八キロメートルもの直線が続き、昼に見ると道が地平線から空に消えていくまで続いているように見える。通称、天に続く道。夜に来たのは初めてだった。

停電の前は、この展望台から斜里の街の灯りがもう少し見えたのだろう。今は、わずかに走る車のヘッドライトが遠くに見えるだけで、街灯りはほとんどない。

それに代わるかのように、見事な満月の明かりが自分たちの周囲から遠くに見えるオホーツク海までのすべてを照らしていた。

夜になるとすっかり肌寒くなり、虫の声だけがかすかに聞こえる。

「おー、きれいだねえ」

彼女は早速カメラを据えて、夜空を撮り始めた。シャッター音を聞きながら、話しかける。

「関さんは、いつかまたどこか別な場所へ行くんですか」

「んー？　この何ヶ月は、それどころじゃなかったよ。しばらく写真も撮れなかったし」

関さんが、撮影をしながら返事をする。

「今は写真、撮れるようになりましたけど」

「……どこかに行って欲しいの？」

「いや、まさか」

「私は、しばらくはここにいるつもり。今の仕事も楽しいし」

と言ってから彼女はファインダーから顔を上げて、こちらを見て言った。

「キミのすることは、見ていて面白いし」

面白い。自分はそういう評価か。動物園の珍獣みたいな扱いにも思える。

「褒めてるんですか、それ」

彼女は答えず、少しの沈黙の後、言った。

「香山くんこそ、東京に戻るんじゃないの？」

「え？　なんでです？」

「……ごめん、木島さんからのメール、目に入っちゃった」

ああ、そういうことか。どうやら、出しっぱなしにしていたPCの画面を見られてしまっていたらしい。

「……あそこには、戻りませんよ。僕がいるべき場所は、ここだと思っています」

そのことについては、自分の中でとっくに結論が出ていた。

「そっか……。いや、なんか今日はちょっと神妙な顔をしているから、シェアハウス解消の話でもするのかと思ってたよ、私」

彼女は少し笑って、そう言った。

「でも、じゃあさ。なんで私の行き先を気にしてるの？」

ふいに核心を突かれ、ためらう。腹を決めて、今日ずっと言おうと思っていたことを言った。

「……あなたに、どこにも行かないで欲しいから、です」

思いを伝えるその声は、震えた。

「……」

少しの間、悩む素振りを見せていた彼女は、やがてこちらに向き直って言った。

「うーん、やり直し」

「はい？」

「こういうことは真正面から堂々と言ってくれる人がいいなあ、私」

「え？」

「はい、こうやって、肩に手をあてて。さ、もう一回言ってみよう」

関さんは笑って手を取り、自分の肩に置いて見つめてきた。月明かりに照らされた彼女の澄んだ瞳が、視線の真ん前に来て落ち着かない。

「ハードル、高いですね」

そう言いながらも、少し気が楽になった。

「……ずっと、一緒にいてください」

最初よりは、声を震わせずに言えたと思う。

彼女は何も言わず、そのまま自分を抱きしめてくれた。

月も景色も、すべてがきれいな夜だった。

Ｒｅｓｕｍｅ　木島様
香山です。ご無沙汰しています。メールありがとうございました。

会社への復帰と記者採用のお誘いについてですが、すみません。自分はもうすでに斜里タイムスという新聞社で、記者の仕事をしています。

……自分の代わりは、いくらでもいる。

世界停電の前、東京にいた時、自分はずっとそう思っていました。

いつも他人と比較して、周囲のすごい人たちに圧倒されてばかりで。

でも今は、違います。

こんな自分でも、必要としてくれる人がいる。

この街にやって来てから少しずつ、そんな風に思えるようになりました。

これからもここで、暮らしていこうと思っています。
お誘いいいただいて、ありがとうございました。
香山秀行
P.S. 道を示していただいて、ありがとうございました。

遠くに見える斜里岳の頂上付近が、初冠雪で白くなっている。

季節は確実に、冬に向かって進んでいた。

ある日、自宅で車に乗ろうとした時に、口に小さな虫が入ってむせてしまった。夏ならともかく、もう虫なんてあまり出ない時期だと思っていたので、面食らう。

よく目を凝らしてみると、白い綿のようなものがふわふわと浮いていた。

出社後に社主に聞いてみると、これは雪虫という、体長数ミリのアブラムシの一種なのだそうだ。冬の間際、雪が降り始める少し前に大量に出てくる。

「そりゃあまた、えらくファンタジックな生き物ですね」

「ファンタジーと言うより、寂しくなりますね、私は。なにしろ長い冬が始まるという、合図みたいなものですから」

社主の言っていたとおりに、それから少し経った頃にとうとう平地でも初雪が降った。

町民会議でも、冬の話題が多くなった。

ラジオニュースでは原油の在庫パーセントが報じられていて、その量は以前よりじわじわと減っている。ガソリンの節約を進めるために、町内の無料巡回バスの臨時増便を役場に提案することが議決された。

会議の後には、久々に漁師の赤井さんたちとお酒を飲んだ。

自分には未経験の北海道の冬の暮らしについて、聞いた。

「今のうちにママさんダンプを用意しておきなよ」

赤井さんに、そう言われた。

「なんですか、それ」

聞くと、家の倉庫から出して見せてくれた。ショベルカーのショベルの部分にパイプで持ち手をつけただけのような非常にアナログな道具で、ホームセンターで売っているそうだ。

「スコップでかき出すんじゃないんですね」

「細かいところはスコップでもやるけど、チマチマやってたら時間がかかって仕方ないからね。こいつで一気にこう、ガバッと」

そういうと赤井さんは体全体でママさんダンプを押す動作をしたあと、少し先端を持ち上げて引っ張った。

なるほど、まさにショベルと同じ要領だ。これなら雪を一気に運べるだろう。

「農家だったら農機で一気に片付けられるのだけどね。除雪機を持っている家庭もそこまでは多くない」

「例えば一切除雪をしなかったら、どの程度積み上がってしまうものなのですかね」

「北陸とかの豪雪地帯と違って、そこまで量はないよ。一階が埋もれるようなレベルじゃあないね」

なるほど。聞いた限りでは、除雪についてはなんとかなりそうだ。

「ひょっとしたらここって、日本一災害が少ない土地なんじゃないですか？」

以前からなんとなく思っていたことを、言ってみる。

「雪は多いかもしれませんが、災害は少なくないですか？　釧路方面と違ってオホーツク海側のこっちは大地震はまず無い。ゴキブリもいなけりゃ台風もめったに来ない。地の果てならではの利点、というか。これって売りになりませんかね。まあ移住者が増えてる今となっては、いまさらな話ですけど」

同意してもらえるのではないかと思っていたのに、宴席の反応はいまいちだった。

珍しくこういう席に出ていた浦田社主が、どことなく諭すように話し始めた。

「ここから三十キロぐらい南に、屈斜路湖《くっしゃろこ》っていう湖があることは知ってますよね」

「あ、はい」

「あれは日本最大のカルデラ湖なんです。カルデラ湖とは、火山の噴火口がそのまま湖になったものですね」

社主は腰を上げ、赤井さんの家の壁に貼ってあった道東の地図の前に行き、屈斜路湖を指差した。

「屈斜路湖は大雑把に言うと半円形で、もう片方の半円には弟子《てし》屈《かが》町の市街地を含んでます。街と湖を含む半径約十キロのこの巨大な円、これがすべて火口です。もし噴火したら北海道全体が終わりです。その威力は富士山の噴火の百五十倍とも言われています」

「でも、それっていつの話です？」

「最後の噴火が約三万年前、だったですかね、確か」

「それは流石に無視していいレベルのリスクではないでしょうか……」

「ところが、ですね。屈斜路湖のご近所には摩周湖があります。あれも噴火口がそのまま湖になってるカルデラ湖ですが、最後に噴火したのは七千年前です」

確かに、ここ数年で千年に一度を一回と、数百年に一度を一回食らった自分たちには、七千年はそれほど無視していい数字には見えない。

「摩周湖でも、噴火時のエネルギーは富士山と比較して三十六倍。前回の噴火の際には、近くの斜里岳まで軽トラぐらいのサイズの岩が降ってきたそうですよ」

その時の岩は、登山ルートに今も残っているのだそうだ。

そこまで言われると、認識を改めるしかない。

「要するに、だ」

赤井さんが言う。

「火山国の日本に安全な場所なんてないってことだね」

もしそんな安全なところだったら真っ先に原発の建設予定地になっていただろうなあ、と宴席の誰かが言った。

「あと、火山とかどうこう以前に、ですね」

社主が真顔でこちらを見て、言った。

「なんですか」

「北海道の冬をナメてはいけません」

別になめているわけではなくて、まだ知らないだけなのだけども。

その時ふと、宴席が静まり返っていることに気付いた。みんな意外なほど深刻な顔をしている。

やがて、赤井さんがぽつりとつぶやく。

「今年の冬は下手するとバタバタ死んでしまうかもしれないな。津軽藩士みたいに」

「津軽藩士？」

「詳しく知りたければ、博物館に行ってみなさい」

社主がそう言った。

翌日、町外れにある知床博物館に、関さん……はるかさんと一緒に行き、学芸員の方にじっくりと話を聞くことができた。

「津軽藩士殉難事件のことですね。文化四年、西暦で言うと一八〇七年。北方警備のために斜里に派遣された津軽藩士百余人のうち、七十二人が冬の寒さと栄養不足で死亡したという事件のことです」

「警備って、どこから何を守っていたんですか？」

はるかさんが質問する。

「ロシアから日本を、です。鎖国中の日本に、通商を求めてコンタクトをしてきていました。その中にはロシア皇帝に無断で襲撃事件を起こすような部隊もあって、幕府は警戒していました。そのため、幕府軍として各藩から徴集された武士が北海道の……当時は蝦夷地、ですね。商場であるシャリ場所に、北方警備を命じられてやってきました」

昔のことだから、函館を経由した陸路ということだろう。ここまで来るだけでも大変だっただろうなあ、と思う。

しかし彼らにとって本当の苦難はここからだったようだ。

「北国の寒さには慣れている東北の津軽藩士たちにとってさえ、シャリ場所の寒さは予想を超えていました。七月二十九日に到着し、約一ヶ月後の八月二十八日には初雪が降ったそうです」

「え、八月に雪、ですか⁉」

「日記の記載は太陰暦なので太陽暦に直すと九月二十九日です。それでも異常に早いですね。一八〇七年は年代的に、太陽活動が低かったというダルトン極小期にあたります。これはあくまで私見ですが、もしかしたら太陽の影響もあったのかもしれません」

思わぬタイミングで太陽活動の話が出てきた。お天道さまの気まぐれに人間は昔から振り回されている、ということなのだろう。

「太陽暦での十二月中旬には、早くも海岸に流氷が押し寄せています。現地の生木を使って急ごしらえで作った長屋は、冬になると隙間風が吹き込むようになりました」

「寒さで亡くなった？」

「それもありますが、直接の死因は病死です。ビタミン不足で壊血病が蔓延しました」

「食糧不足、ってことなのかな」

はるかさんがこちらに向かって言った。代わりに、学芸員さんが答える。

「米や味噌などはありました。野菜不足ですね。冬場にビタミンが足りないと、浮腫や脚気になります。昔、大航海時代の船員もこの病気に悩まされていました」

学芸員の話によると、年を越えた正月からの一ヶ月間はそれこそ毎日のように死者が出た、大変に悲惨なものだったそうだ。

「海からようやく流氷が消えたのは、太陽暦で翌年の四月二十七日。結局ロシアの船は一回も現れなかったそうです。生きて故郷の地を踏めたのはわずか十七人でした」

「ひどい話、ですね」

『松前詰合日記』という、当時の記録があります。著者は齊藤勝利という、二十二歳の津軽藩士。日記の表紙には『此壱冊他見無用』と書かれています。松前詰合日記は日記という名前ではありますが、半ば公的な記録です。しかしこの文書は事件の発覚を恐れた藩により、闇に葬られました。無念だったことでしょうね」

取材というつもりで博物館に行ったわけではなかったが、予想以上に興味深い話だった。館内で松前詰合日記の現代語訳版が販売されていたので、買って帰る。

これは、何らかの形で記事として斜里タイムスに載せられないだろうか、と思い、社主に話してみた。

「そう、津軽藩士の殉難事件は戦後になって松前詰合日記が見つかるまで、ほぼ誰にも知られていなかったんです。今でこそ広く知られるようになって、博物館の横にある公園には慰霊碑も建っていますけどね。斜里町のねぷたは、故郷に戻れなかった津軽藩士の慰霊の催しでもあるのですよ」

「浦田さん、詳しいですね」

「そりゃあもう。私はヤーヤ・ドーする会の前会長でしたから」

「なんですか、そのやあやあどうする会っていうのは」

「……ヤーヤ・ドーする会というのは、ですね」

社主はそこまで言うと、両手を机の上に載せ、突然、ドン、ドドン、ドン、ドン、と叩き始めた。

「いやぁー！　やぁー！　どぉー!!　いやぁー！　やぁー！　どぉー!!」

机を叩くリズムに合わせて、掛け声をあげ始める。

一瞬あっけにとられたが、すぐに何かわかった。夏の祭りで聞いた、ねぷた囃子だ。

しばらく楽しそうに腹からの声を出していた社主は、少し名残惜しそうに動きを止めて、こちらを向いて笑顔で言った。

「……という、会です」

「よーくわかりました」

これから冬に向かうにあたって教訓になる話ではないかと思ったのだが、津軽藩士殉難事件は斜里町の住人にはよく知られた話らしい。記事にするには他の切り口が必要だろう。

ひとまず諦めて、今日の仕事に取り掛かった。

部屋の隅に、紙が詰まった箱が三箱。貴重な紙を六千枚使って刷ったアンケート用紙の配布だ。

調査そのものは町が実施したもので、印刷と配布、回収の実務を斜里タイムス社が行うことになっている。これは単なる書類の配布だけではなく、戸口での説明とヒアリングも含んだ仕事だ。

町内の全戸をアンケートの配布と回収で二回も回るという仕事は、予想通り大変だった。世帯数としてはそこまで多くない。ただ、なにしろ範囲が広くて住宅密度が低い。予定していたよりもかなり日数が掛かってしまった。

はるかさんは記者になると同時に牧場の仕事を辞めたため、借りていた車を北峰さんに返していた。そろそろ寒くなってきたというのに、彼女はライダーズジャケットを着てバイクで走り回っている。小回りも利くし、ガソリンもあまり食わないからこちらの方がいいのだそうだ。自分も今回は、身軽な小型車を選んでおいてよかったと思う。

いざ町内の全世帯を回ってみると、思っていた以上に辺鄙なところに人が住んでいる。

「玄関で立ち話もなんだから」と、知り合いでもないのに家に上げられることも多かった。特に高齢の方は、人懐っこいというか人恋しいというか、お茶まで出してくれる。

おじいちゃん、おばあちゃんたちは、いろいろな話をしてきた。

「灯油代が高くなりすぎていて、今の年金からではとても払えないんだ」

「除雪車の出動回数を減らすって聞いたけど、本当かい？　この歳になると、除雪が大変でねえ」

「なんとか薪ストーブを手に入れたけど、うちのじいちゃんボケちゃってるから火の始末が怖くて。今年は消防車の出動が多いって聞いたし、ますます不安だわ」

「うちには電気ストーブしかなかったから、寒くなる前に石油ストーブを買おうと思ってホームセンターに行ったの。でもとっくに売り切れていてね。最近だんだん寒くなってきたから、困っちゃった」

この冬を乗り切れるかどうか不安に感じている人がたくさんいるようだった。この時期にまだ暖房が用意できていないとは、これはもう致命的ではないだろうか。どこに相談していいかわからなかった悩みを、世間話の形で伝えてくれているようにも思える。

災害があった時に真っ先に犠牲になるのは、高齢者や病人などの社会的弱者になりがちだ。茶飲み話としてではなく、しっかり聞き取りをしないと。

家に帰って、はるかさんと今日の仕事の話をした。

「うん。私もすっごい相談されたよ」

「やっぱり、はるかさんもですか」

「このアンケートの仕事ってさ。正直はじめはこんなの郵送すればいいじゃんって思ってたんだ。でもいろんな人に話を聞いているうちに、そうか、こういう不安を直接聞き取ることが大事だから私たちに頼んできたんだって気付いて、それからは一生懸命記録してた」

「ですね。僕も、こういう心配事は直接会ったからこそ話してくれたんだって思います」

「でも、本当に年配のおじいさんになると肝っ玉が据わってるというか、逆に元気だったな。『電気なんて無かった頃だって、昔から北海道の冬を生きてきたんだ。これくらいで弱音を吐くわけにはいかん！』って」

昔から、か……。手元にあった、知床博物館で買ってきた『松前詰合日記』をパラパラめくった。結局、この時はほとんどの人が命を落としている。先を暗示しているようで、不安になる。

ただ、この時代だって北海道に元々人が住んでなかったわけじゃないはずだ。『松前詰合日記』には「蝦夷人夫を雇った」という記述があった。これはアイヌの人のことだろう。

「……この、クスリっていうのは、どこのことなんだろう」

「薬？　なんのこと？」

自分の独り言に、はるかさんが反応した。

「ほら、ここ」

本を開いて、見せる。


当斜里場所は、冬期間の寒気すこぶる強く、とても越冬などは出来そうもない所と、前々からきまつているそうである。それならば、ここに住んでいる蝦夷たちは冬季間どこへ行くのかと尋ねたところ、斜里から東海岸に向つて山合を隔てクスリという所まで七里ほどあるそうだ、このクスリまで山沢を通つて引越し、翌年四月ごろまで斜里には帰つて来ないのだそうだ。


クスリ。ここに、厳しい寒さを凌げる何かがあるのか？

「七里って、何キロぐらいだっけ」

旅行時に使っていたという北海道地図を開きながら、はるかさんが聞いてきた。計算してみると、約二十七・五キロメートルだった。

「ここから二十七・五キロ東の海岸沿い……ウトロかな」

ウトロ近辺の地名を片っ端から見てみたが、クスリという言葉に似たものは無い。

「そもそも、ウトロは東っていうよりは北東ですね。真東に行くと本当に山しかない」

「この文章って、山間を抜けるために少し東方向に行った、という感じにも読めない？クスリはアイヌ語だよね。名前だけで言うと、釧路っぽいけど」

「釧路は距離が遠すぎますよ。直線距離でも百キロ以上ある」

「斜里から大雑把に三十キロ程度の位置で、クスリに似た地名……」

はるかさんが地図の斜里町を中心に指で円を描いていく。その指が南西に差し掛かった時、そこには大きな湖があった。

「「……屈斜路！」」

二人、同時に叫んだ。

「似てますよね！」

「そうだ！　あそこの湖畔って温泉街だよ。木彫りをやってるアイヌの土産物の店とか、たくさんある」

「温泉……そういうことか！」

火山活動が作った日本最大のカルデラ湖、屈斜路湖。その湖畔にある川湯温泉。

あの東京行きのコンテナ船で、おじいさんたちが言っていたことを思い出す。いつでもお風呂に入れる、暖かい避難所。

ここが「クスリ」。

「はるかさん、……またひとつ、思いついちゃったんですが」

僕の顔を見た彼女が、どこかうれしそうに言った。

「うん。やってみなよ。協力する」

翌朝、出社してすぐに浦田社主の机の前に二人で並ぶ。

「社長、提案があります」

「前町長の浦田さんなら、弟子屈の町長に話、できますよね」

浦田社主は一瞬、面食らったような顔をしたが、すぐにニッコリと笑って言った。
「とりあえず、詳しい話を聞かせてください」

およそ二週間後、「ウルハコタン」計画が、斜里町長と弟子屈町長の連名で発表された。松前詰合日記にも記述がある、アイヌ語で「古き里」を意味するこの計画は、斜里町よりも内陸側にある弟子屈町、屈斜路湖畔の川湯温泉に希望者を移動させるという、大掛かりなものだった。

江戸時代の古地図に載っていた屈斜路湖の名前は「クスリ・トー」。アイヌ語で温泉、薬の湖という意味だった。

川湯はその名の通り、湯の町だ。温泉街の中心部の川からは湯気が立ち上り、足湯もある。

温泉はほぼすべてが自噴泉で、湯を汲み上げるための電力は必要ない。

住居は、観光客がめっきりいなくなっていた温泉街のホテルを使うことになった。

この町では温泉熱を使って冬場でもビニールハウスで野菜を育てていて、今冬は増産を予定しているそうだ。

この計画には、他にも様々なメリットがあった。

一カ所に集合して生活することによって暖房を集約できるため、灯油の節約になる。車で買い物に出かける必要もなく、除雪が必要な世帯も減ったので、ガソリンの節約にもなった。

一人での真冬の生活が不安だった高齢者には、常に話し相手ができた。単純な避難所と違い、ホテルを利用しているためプライバシーも保たれる。

集合場所である斜里町役場前から、移動を希望した人たちが数台のバスに乗り込んでいく。取材をしている自分たちに気付いて、話しかけてくれた人が何人もいた。

「一人暮らしでろくな暖房も無くて、本当にこの冬が越せるのか不安だったんだ。話を聞いてくれて、ありがとう」

「来年まで、お互いお元気で。良いお年を」

走り去って行くバスを見ながら、思う。

遠い昔に、この土地に大災害をもたらしたであろう火山。その名残である温泉が、今は越冬を助けてくれる。

そして、太陽の気まぐれに端を発した、世界停電という災害。でも自分たちは、その太陽の恵みによって生きる糧を得ている。

どこまで行っても自然には勝てないけど、人間には自然を利用するしたたかな知恵もあるんだ。

年末も迫ったころ、忘年会の手伝いを頼まれた。

テレワークスペースのすぐ横にある古民家が会場だった。ここには何度か入ったことがある。囲炉裏があったり、引き出しの中から明治一桁台の開拓使の書類などが出てきたりする、驚くほど昔からある建物だった。

宴会用の料理を並べていると、赤井さんが別室からこっちを見て手招きしている。部屋に入ると、なぜか後ろ手でふすまをピシャリと閉められた。なんとなく不穏な気配がする。

「はいこれ、今日の主役の衣装」

赤井さんが、畳の上に置いてある平べったい紙箱のふたを開けながら言った。

「なんですか、これ」

「見ればわかるよ」

宴会部長のタスキでも出てくるのかと思ったら、出てきたのは立派な袴だった。赤井さんの家に伝わる由緒正しいものなのだそうだ。

「これから、結婚式だからね」

「あれ、忘年会じゃないんですか？　誰の？」

「キミらのだよ」

「……はい？」

近いうちに彼女と結婚するつもりだけど、式はしません。確かにそういう話を少し前に「しれとこびと」で越川さんに言った覚えはある。

それを聞いた越川さんと赤井さんが中心となり、しばらく前から知り合いをこっそり集めてサプライズパーティという名の結婚式を準備していたそうだ。

されるがままに紋付き袴の着付けを済ませてから会場に戻ると、みんなにクラッカーを鳴らされた。いつのまにか金屏風と、花婿、花嫁用の椅子が会場の上手に置いてあった。ケーキやブーケ、ご丁寧にもウェルカムボードまである。普通こういうものは結婚する側の人が用意するものではないだろうか。

席にはいつの間にかこの街に来てから出会った知り合いが勢揃いしていて、ほとんど面識のない町長までもが出席していた。

とりあえず一人で席に座り、歓待を受けながらはるかさんを待つ。

しかし自分はともかく、彼女は大丈夫だろうか。勝手に用意されたものなので自分に非があるわけではないけど、予告なしに突然式を挙げるなんて、いくらなんでも乱暴すぎる気もする。

はるかさんには、越川さんが貸してくれた着物を着せることになっているそうだ。

……仕事が終わった後にいきなり呼ばれて、結婚式。もしも彼女に拒否されたら、非常にいたたまれない状況になる。自分で望んだわけでもない大博打に内心、身が震える。

彼女はなかなか会場に到着しなかった。仕事の終業時間はとっくに過ぎている。本当に大丈夫なのだろうか。

一時間以上待たされて不安がピークに達したころ、越川さんがはるかさんを連れてきた。

「ごめんなさいね。着付けとかお化粧に時間がかかっちゃって」

こういう時、普通なら花嫁の美しさに見とれるのがお約束みたいなものだと思う。

でも、待たされすぎて気分的にそれどころではなかった。恐る恐る彼女の表情をうかがってみる。

困惑というか、自分と同じように、予想外の出来事に巻き込まれた人の顔をしていた。

「あはは、なんだろこの状況」

はるかさんが苦笑いして、言う。少なくとも怒ってはいないみたいだ。

当惑している間にも式はどんどん進み、マイクを渡されて新郎新婦の挨拶を催促された。

当然原稿などはなにもない。困ったが、少し考えてから話し始めた。

「ええと、皆さん。今日はこのような立派な式を……突然、ありがとうございます」

宴席から笑い声が上がった。

「まだまだ未熟者で、ここにいる方々に助けられることも多いと思いますが、これからも頑張っていきます。これからも皆さん、よろしくお願いします」

「これからも『二人で』、頑張っていきます、じゃないの？」

隣のはるかさんがすぐにツッコんできて、また笑いが起こる。

マイクを催促されて、彼女に渡した。

「えー、いつも人を驚かすような素っ頓狂なことばかりする、と言われることが多い私ですけど、今日は皆さんにまんまとしてやられました。隣りにいるこの人も、パッと見は常識人に見えますが中身が相当変なやつなので、案外似た者同士じゃないかと思っています」

爆笑と、冷やかしの口笛が古民家に響く。

「これからも、この香山くん……あ、そっか。秀行くんと一緒に、二人で楽しくここで生きていきたいと思っています。今日は本当にありがとうございました！」

この半年で会ったいろいろな人から、祝いの言葉をもらう。

かっちりと段取りされたものではなかったが、冬の寒さを忘れるような暖かい式だった。

年が明け、一月から二月ぐらいが北海道で一番寒さが厳しい季節だそうだ。

夜寝ていても、世界停電前には当たり前だった小さく聞こえる冷蔵庫のモーター音などが全くない。代わりに聴こえるのは、石油ストーブの燃える音。時計の針の、小さな音。そして、隣で眠る彼女の寝息。

雪は一晩のうちに、時に静かにしんしんと、時に激しい風とともに積もる。

朝、まだ暗い時間帯に、外から地響きが聞こえて目が覚めることもあった。北海道開発局か、町から委託を受けた土木業者の除雪車が、朝が来る前に道路の除雪を始めているのだ。

除雪車ではできない玄関先などの除雪を、自分でする。慣れないうちは苦労したが、コツがわかるとまあなんとかなるかな、と思えた。

原油の在庫量はとうとう十パーセント台前半に突入した。

除雪車はガソリンを大量に使う。でも、これが来ないと命にかかわる。

雪の量はともかく、寒さで北海道に並ぶ県はないだろう。なにしろ、冬の温度を言う際に「マイナス」という言葉を省略する。

例えば「今日は四度だって。あったかくていいわ」とはるかさんが言った場合の四度は、マイナス四度のことなわけだ。

氷点下であることが前提。そもそも氷点下四度のどこがあったかいのか。

そう思っていた自分だが、二月のはじめの朝方にマイナス三十度近くまで下がった気温を経験してから、考えを変えた。

鼻毛も凍る寒さ。これは寒いというか、痛い。確かに、マイナス四度はあたたかい。

一月の末に、海岸に流氷がやってきた。ロシアのアムール川からはるばる流れてきた氷が、海面をすべて埋め尽くす。今年は平年並みのタイミングらしい。

二月の上旬になると、最低気温がマイナス十度を下回る日が続いた。

原油の在庫は残り十パーセントを切っていたが、予想よりは保《も》っている。このままなんとか冬を乗り切れるのではないだろうか。そんなことを思っていた。

北峰ファームのおじさんが入院した、という話を聞いたのは、その頃だった。

「いやあ、ふたりとも、わざわざ見舞いなんて来てもらっちゃって悪いね。心配掛けちゃったみたいだけど、死ぬような病気じゃないんだよ、ほんとに」

病院のベッドから半身を起こしてそう言った北峰さんは、少しむくんだ顔をしていた。

「無理しないで、寝たままでいいから」

はるかさんがそう言って、持ってきた花を窓のそばに置く。

「調子はどうなんですか？」

「肝臓がんって言っても、早めに見つけて切除できたんだよ。小さなやつだったし、今のところ転移もしていないって話だ。二、三週間で退院できるらしい」

「それは良かったというか、不幸中の幸いですね」

「いやもう、今は定期検査をしやすいように病院に張り付いているだけみたいなものだね」

おじさんは笑ってそう言ってから、少し黙った。

「……国内の薬の在庫が、とうとう切れちゃったそうでね」

少しためらってからそう言った北峰さんの言葉に、衝撃を受ける。肝炎の薬が、とうとう無くなった。そうなのか。

「もう東京にもどこにも、残っていないそうだ。……うん。まあ、大変なのは私だけじゃないってことだよ」

北峰さんは病室の大きな窓を見ながら、そう言った。外には、しんしんと雪が降っている。

「……北峰さんって、いつもそうですよね」

「ん？」

「理不尽を受け入れて。でも、決して弱音を吐かない」

以前の自分にはなかなか理解できなかったことだ。でも、ここで暮らすことで少し理解できた気がする。きっとこれも、ひとつの強さなのだ。

「そんな御大層な話じゃないと思うけどなあ……。まあ、自然を相手に仕事をしているから、そういうことには慣れているのかもね」

北峰さんはそう言って、自分たちに優しい笑顔を見せた。

「……ただねえ、もう二度とお酒が飲めないってことだけがね。とっても残念だ」

「おじさん、お酒好きだもんね……でもこればっかりはもう、仕方ないよ」

はるかさんがそう言った。

「まあこの際、ちゃんと定期的に診てもらうことにするよ。今日は天気の悪い中、ありがとうね」

また来ます。そう言って病院を後にした。

網走にある病院からの帰り。車の中ではふたりとも、しばらく無言だった。

死ぬような病気じゃない。北峰さんはそう言ったけど、僕たちは見舞いに行く前に北峰ファームに寄って奥さんから話を聞いていた。

「どうせ薬が入荷しない限り、病院に行っても意味ないから」

北峰さんはそう言って無理して仕事を続けているうちに、慢性の肝硬変になっていたのだそうだ。そして検査の結果、がんが見つかった。

肝臓がんは他のがんと違って生存率が低いらしい。ステージ1でさえ、五年生存率はたとえ切除に成功したとしても七十パーセント程度だ。

自分の体のことだ。おじさんだって、たぶんそのことは知っている。

うっすら目に涙を浮かべながら話す奥さんの姿が、今日ずっと頭に残っていた。

もう夕方のはずだけど、今日は一回も太陽を見ていない。車の窓にはずっと降り続いている大粒の雪が、ワイパーの動く範囲以外をびっしりと埋めている。その向こうにうっすらと見えるどんより暗い海は、流氷で埋まっていた。色のないその景色をぼんやりと見ながら、つぶやく。

「本当に、僕のやったことに、意味なんてあったのかな」

「……何の話？」

「以前の東京行きは、行っても行かなくても、薬は病院に無事入ってきていたわけじゃないですか」

結局何も、できてない。そう思う。

「今回は薬がどこにあるのかはわかってるのに、取りに行くことすらできない。ただ薬の輸入が再開するのを待つしかない」

別に、大きなことをやろうと思ってこの街に戻ってきたわけではない。

でも、近しい人を助けることぐらいはしたいし、根拠もなくそれができると思っていた。今、どうしようもない無力感が、胸にのしかかっている。

「……僕は、カメラを充電したり、畑の匂いをみんなに教えるぐらいのことしか、できていない」

自虐的な気持ちで、つぶやいた。

「……キミの言葉がきっかけで、北峰ファームで今でも働いてくれている人がいる。ウルハコタン計画のおかげで、この冬、凍え死んでいたかもしれない人たちが、今を過ごせてる。私にとっては、とてもすごいことだったよ。たぶん、みんなにとっても」

「……」

「そうだよ。またアメリカでも行って、薬を取ってくればいいじゃない。ね、いつものように突拍子もない行動力でさ」

「輸入さえ止まっているのに渡航なんてできるわけないじゃないですか。適当なこと言わないでくださいよ！」

言ってから、自分のその声の大きさに、自分で驚く。

「……ごめん」

少しの間の後、謝った彼女のその声は、微妙に震えていた。

「……ごめんなさい」

自分も、謝る。

そしてまた、車内は無言の空間に戻ってしまった。

網走から小清水を通って、斜里町に入るころには辺りが暗くなっていた。

さっきから全く対向車がない。

風も雪も、網走を出た時よりもはるかに激しくなっていた。ライトを点けて照らしても、前方があまり見えない。慣れない吹雪の中での運転に戸惑い、スピードを時速五十キロまで落とす。

道の横の防雪柵がなくなる区間になると、さらに運転の難易度が跳ね上がった。

ただでさえ夜になって視界が悪いのに、猛吹雪で三メートル先も見えない。センターラインどころか、どこが道路の端なのかもさっぱりわからない。道の横は全部畑なのか、建物のシルエットすら見えなかった。

車道の上にある、路肩を示す矢印型の標識だけしか車を走らせる基準がない。

ゆっくり走っていたつもりだが、いきなりあった雪の吹き溜まりにハンドルが取られてしまった。

「っ！」

止まれない。悪いことに雪の下には今朝までのアイスバーンがそのまま残っていたようで、四駆の車ですら滑った。車はコントロールを失い、そのまま数秒間、慣性で動いた。一瞬の後、ばふ、という音とともに、車は止まった。どうやら路肩の雪山に突っ込んだらしい。

怪我をするほどの衝撃はなかった。エアバッグも開いていない。

「はるかさん、大丈夫ですか？」

「うん、なんとかね」

車が滑った時に向きが変わったのか、先刻まで見えていた路肩を示す標識まで見えなくなってしまった。外に出ても激しい風雪が視界を覆い、完全にホワイトアウト状態だった。自分の車がどういう状態にあるのかすら、わからない。

おそらく路外に向かって突っ込んだのではないかと思う。

ギアをバックに入れて、雪山からの脱出を試みた。しかし、四駆のはずのタイヤが空転して後ろに行けない。どうやら車体の下に雪がみっちりと詰まってしまっているようだ。

「スコップは積んでないの？」

残念ながら持っていない。前輪の後ろの雪を、かじかんだ手でかき出せるだけかき出す。車体の奥をスマートフォンのライトで照らすと、手では届かない奥にまで雪があった。

「さ、さむ、寒い！」

震えながら運転席に座り、もう一度バックギアで脱出を試みた。

タイヤは空を切るばかりだ。

「これは、誰かにウィンチで引っ張ってもらわないと無理かもね」

彼女がそう言った。

しばらくそのまま待っていたが、悪いことに車はまったく来なかった。みんな吹雪を用心して、外出を控えているのだろうか。

「もしかしたらこの道、もう通行止めになっているのかも」

「えぇ?」

カーラジオを入れてみると、明日にかけて道内の天気が大荒れになると言っていた。最大風速は二十五メートルに達するそうだ。台風並みじゃないか。

これはまずい。早く帰らないと。

「もしマフラーが埋まると、排気が逆流して一酸化炭素中毒になっちゃうから定期的に車の後ろを確認しないと」

はるかさんが物騒なことを言った。

吹雪の勢いは増すばかりだ。ちょっと油断するとあっという間に車ごと埋まってしまうのではないか。そんな気分になり、必要以上に外に出て後ろを確認してしまう。

何回目かの確認作業のあとで車内に戻って車のメーターパネルを見た時、一瞬頭が真っ白になった。

フロントパネルには「給油」の表示が点滅していた。アイドリングをしている最中に、じわじわと減っていたらしい。

「うわ、あっちゃー……」

はるかさんが天を仰ぐ。

「ごめんなさい。網走までの往復ならギリギリ間に合う量だったので、油断してました……」

「こりゃあちょっと、まずいかもね」

これはもう、非常事態と言っていいだろう。

それまではハザードランプを点滅させて少しでも目立つようにしていたが、ちょっとでも電気を節約するために、それも消した。

「持久戦ですね」

「よし、エンジンも止めよう」

「え、暖房効かなくなりますよ？」

「寒くなったら、また掛けようよ」

エンジンを止めて、ヘッドライトをローにした。こうなるとガソリンよりもバッテリー上がりが心配になる。だが実際にはその前に車内が寒くなり、数回エンジンを再始動した。

フロントパネルに表示されている外気温はマイナス十三度だが、マフラーを確認しに行く時の外の体感気温はそれどころではない。風雪が頬にビシビシと当たり、とてつもなく寒く感じる。体感気温としてはマイナス三十度ぐらいあるのではないか。

可能な限り節約しているとはいえ、車内を暖めるためにエンジンを掛ける度、ガソリンの残量メーターがじわじわと減っていった。

今、迂闊な行動を取ると、死ぬ。

いくらのんきな自分でも、わかる。

スコップや防寒具を車中に置いているわけでもなく、何の対策もしていなかった自らを呪う。

一人死ぬだけならともかく、彼女を巻き添えにできるわけもない。何か、考えないと。

今、できることは？　助けを求めるべきは？

ポケットからスマートフォンを取り出して画面を確認する。よし、通信はできる。アプリを起動させて、書き込みを始めた。

「SNS？　警察とか消防じゃないの？」

隣から画面を見た、彼女が不思議そうに言った。

「この吹雪の中、パトカーや消防車がここに来られるとは思えません。この近くに住んでいる人を探して、農機で救出してもらったほうが、早いんじゃないかと」

SNSでの呼びかけへの反応は早く、街の知り合いが次々とコメントを返してきた。

「ただ、問題はここの正確な場所、なんですよね」

一本道を走ってきただけなので、大雑把な場所はわかる。でも、ピンポイントでの正確な位置はわからない。

農機を使えばある程度除雪をしながら進むことはできるだろう。

ただ、何キロもあるこの道のどこに車があるかわからない以上、道沿いを逐一除雪しながら調べてもらうしかない。GPSが使えないこの状況が悔やまれる。

それでも、近隣の農家が救出に出動してくれたという。申し訳ない気持ちになる。

また外に出てマフラーをチェックしようとした時、IP電話で着信があった。画面には木島社長の文字がある。

出てみると開口一番、問答無用とばかりに声が聞こえてきた。

「よう。用件だけ手短に言うぞ。おまえさんのスマートフォンで使っているアカウントのパスワードを今すぐ教えろ」

「はい？　なんでです？　すみません、今それどころじゃなくて」

「おまえさんの状況はSNSで見た。メッセンジャーでいいから、とりあえずパスワードを俺に教えろ。それと、この電話以降はスマートフォンをできるだけ使うな。十五分置きに、スリープから解除するだけにしろ。少しでもバッテリーを長持ちさせるんだ。いいな」

それだけ一気に言って、木島社長は一方的に電話を切った。

「……なんだろう、このオレオレ詐欺みたいな電話は」

「でも、声は間違いなく木島さんだったよね」

「こんな無茶を言うのは、社長に間違いないですよ」

なんだかわからないが、指示に従うことにする。木島社長にメッセンジャーでパスワードを送るとすぐに既読になったが、返事は特に来なかった。

あとは、バッテリーの節約だ。スマホをスリープに戻して、ポケットにしまった。


気がつくと、結構な時間が経っていた。もう、深夜と言っていい時間帯だ。

寒さを堪えてマフラーをかき出して、三十分ぶりにエンジンをスタートさせると、すぐにガクン、という音とともに車が静かになった。

とうとう、ガソリンが切れた。

車のライトはまだついている。でも、長くは保《も》たないだろう。

もうマフラーが埋もれても排気ガスで死ぬ心配はなくなったので、外には出ないことにした。いっそ車体を雪に埋もれさせたほうが、かまくらみたいになって暖かいのではないか、と馬鹿なことを考える。中に熱源がほとんどないのだから、暖かくなるわけもないのに。

十五分もしないうちに、車内はかなり寒くなってきた。

寒そうにしている彼女に自分のコートを着せようとしたが、かたくなに拒否された。

三十分、一時間と経っていくうちに車内の寒さは外気温と徐々に変わらなくなってきた。

轟々という外の風の音だけが、耳障りに響く。

寒さの中、思う。

油が足りなくて、電気も心もとなく、寒さに凍える。東京で原油枯渇のニュースを聞いた時に想像したことが今、目の前で起こっている。まるで予言だ。

意を決して、車のドアを開けた。

「ちょっと、何する気?」

「近くの農家さんまで、助けを求めに行ってきます!」

そう言って走ろうとしたが、はるかさんにすぐに追いつかれて腕を摑まれる。そのまま強引に車の後部座席に押し込められて、頰を思いっきり叩かれた。

「何考えてるの！　どっちに家があるかすらわからない状態で、どこに行く気よ!」

彼女が、白い声を吐きながら言う。

「すみません……でも、もう、できることが、何も思いつかないんです……」

「だからって、あなたが無駄死にしてどうするの!」

「……もともと、はるかさんにこういう思いをさせたくなかったから、北海道に帰ってきたんです。でもこれじゃあ……自分のやってきたことには本当に何の意味もなくなってしまう」

「……キミは、何もわかってないよ」

彼女は、息切れが収まってから、悲しそうな声で言った。

「なんで、私を残して行こうとするの？　ずっと一緒にいて欲しいって言ったのは、嘘なの？　……あなただけがそう思っていたわけじゃ、ないんだよ？」

そう言って、彼女は自分を抱きしめた。

「一緒に、生きるの。一秒でも長く、一緒に！　そうでないと、意味ない！」

彼女の腕の中、衝撃を受けた。

今までずっと、誰かの役に立たなくては、自分のやれることを見つけなくては、そう思って生きてきた。

……はるかさんの言葉で、やっと、間違いに気付けた。

自分がすることじゃなくて、生きること、存在し続けること。それそのものに、意味がある。

……そんなこと、今まで思いもしなかった。

泣きそうになりながら、強く、強く、彼女を抱きしめた。

そしてそのまま、ずっと抱き合っていた。一秒でも長く、一緒に生き続けるために。

眠りに落ちる直前、声が、聞こえた気がした。

三月末から少しずつ雪が溶け、北海道の長い冬は終わっていった。

白鳥が飛び去っていき、地面が雪解け水でびしゃびしゃになり、やがて水辺にふきのとうが生え始めた。

斜里の水源地である来運地区には、廃校になった小学校がある。

家庭科室の引き戸が数ヶ月ぶりに開き、そこに入ってきた女性が、食器棚から皿やコップを取ってトレイに載せていく。

黒板の上にある時計は、二時三十四分を指したまま止まっていた。きっとあの太陽嵐があった去年の六月の夜から、停電とともに動きを止めたままなのだろう。

窓から見える校庭には、見事な桜が咲いていた。そしてその木の下で、長い冬を乗り越えたことを祝うように、盛大な花見が行われていた。

五月の中旬になってようやく咲いたこの桜の下での宴会は、やはり町民会議の参加者が多かった。

越川さん、赤井さん、佐藤課長、浦田社主と、はるかさん。そして、僕だ。

あの猛吹雪の夜に、最後に起こったこと。それは大げさに言えば、天からの奇跡と言っていいかもしれない。

いや、やはり技術屋としてはそんな感傷的な物言いをするべきではないか。結局、最後に役に立ったのはやはり、科学技術だ。

絶対に使えないと思い込んでいたGPSが使えるようになっていたことが、自分たちを救ったのだ。

「木島社長は、命の恩人だね」

はるかさんが言った。

後日、あの時何をしていたのかを、本人に教えてもらった。

「おまえさんが前にうちの会社にいた時、落としたスマートフォンの場所を位置情報サービスを使って特定していただろ？　今回もそれが使えるんじゃないかと思ってな」

「GPSでの場所の測定を、僕自身にやらせなかった理由はなんです？」

「うまくいくかどうかわからない博打だったし、必要以上に期待を持たせるのもどうかと思ってよ。それに、GPSはバッテリーを食うからな。どうせやるなら電源の心配がない場所からリモートで監視した方がいい」

場所さえ特定できれば、救出に向かうことは難しくなかったらしい。除雪車が来るよりも早く農家の人が防寒装備を持って現れて、自分たちを助けてくれた。

世界停電後も生き残っていた軍事用GPS衛星と、米国のIT企業が総力を上げて超特急で打ち上げた新規のGPS衛星が、このタイミングでギリギリ四つ揃った、ということらしい。その日を境に、断続的ながらもGPSが使えるようになった。そういう意味では、まさに奇跡的な出来事だった。こうして自分たちは九死に一生を得たわけだ。

数日後の晴れた日に、車中遭難したところに再び行ってみた。

市街地にほど近い、なんということもない普通の道だった。

こんなただの道ばたで死にかけたのか。北海道の冬の恐ろしさが身にしみてわかった。

五月、新緑と花の季節。

もうすぐ、この街に来て一年になる。

街の様子はずいぶん変わった。

町の巡回バスが、車体の後部から派手な白煙を上げて走っている。地元の農機具会社が実験的に作った、木炭自動車だ。

燃料は釧路にある海底炭鉱から採掘したもので、これまた蒸気機関車を使って斜里まで輸送した石炭を使っているらしい。

一番のネックになっていた石油の枯渇は、ギリギリで輸入が間に合った。

これに関しては、実はもともとそういう予定で政府が動いていた。

世界停電発生直後からの各国による資源の争奪戦は苛烈なもので、戦争寸前の状態まで行ってしまっていたのだそうだ。

その中でこの国は、在庫が尽きる限界まで耐える、という選択をした。

結果として、産油国で生産と輸送の体制が整い、戦争は回避された。

この事実はマスコミにすっぱ抜かれ、政治家が国会で激しく責任問題を追及している。

だが、すでに原油の輸入は再開されている。あと一週間もしないうちにガソリンスタンドも再開するそうだ。

おそらく現政権の交代にまでは至らないだろう。彼らは賭けに勝ったのだ。

輸入が再開されたということは、きっと薬も入ってくる。北峰のおじさんにも、希望が見えてくるはず。

そして今年中には、製糖工場の発電所からの高圧電線が街まで繋がる予定だ。

まだまだ先は長いけれど、少しずつ復興は進んでいく。

町の人口の増加はその後も続いた。

佐藤課長が言うには、他県からの流入だけではなく、この一年で出生率が劇的に上がってきているのだそうだ。

「ほかに夜やることがないからだよ」と赤井さんが笑って言った。

お恥ずかしいことに、自分たちも人のことは言えなかった。

来運に来たついでに道端の山菜を取って、バスに乗るはるかさんに袋ごと渡した。まだ産まれるのは当分先だけど、栄養をつけてもらうに越したことはない。

「それじゃあ、先に行っててください。僕も夕方までには帰れると思うんで」

「うーん、無理じゃゃない？　あれ、まだ全然、慣れてないっしょ」

「いやあ、ここまで来れたんだから、大丈夫ですよ」

「そっか……それじゃ、家で待ってるよ！」

はるかさんたちの乗ったバスは、白煙を上げて走り去って行った。

それを見届けた後、桜の木の下に歩いて行き、繋いであった馬に、恐る恐るまたがる。

冬にあった会議の時に「ガソリンが無くなったら馬に乗ることになるのでしょうかね」と冗談を言った。そのことを覚えていた赤井さんがわざわざ用意してくれた、道産子馬だ。実用的とは言えないと思う。でも、乗り方を覚えても損はないだろう。

来運の高台の道を、おっかなびっくりと馬の背に揺られながら、世界の変化を思う。

北海道はともかく日本全体では食料が足りない。きっとまだまだこれからも困難はある。だが人間のたくましさを知ったこの一年を見ていると、みんなも自分も残りの時間をなんとかやっていけるのではないか。そう思えた。

どんな未来がやってきても、頑張って、生きていこう。
太陽を、背に受けて。

■参考文献
松前詰合日記　齊藤勝利
斜里町地域防災計画　他多数

■取材協力（敬称略）
斜里町農業協同組合　中斜里澱粉工場
漁師　赤木秀樹
知床スロウワークス
りくべつ宇宙地球科学館

その他、たくさんの方々にご協力いただきました。
この場を借りて改めてお礼申し上げます。

解　説

宇宙物理学者
柴田一成

本書は、第五回ハヤカワＳＦコンテストの最終候補作として刊行されることになったものである。巨大太陽フレアによって世界的な大停電になった社会が、どんなに不便で困難に満ち満ちているかを、素晴らしい想像力で描き出した見事な作品と言える。

実は私は、大学を定年になったら本書のようなＳＦ小説を書きたいと思っていた。そのために、巨大な太陽フレアが発生したら、社会はどんな災害を受けるか、人々はどんなに不便な生活が強いられるか、日々、耳学問に励むとともに自分でも学生院生諸君と研究を少しずつ進めていた。それで本書が出版されるという話を早川書房の編集さんからメールで連絡を受けたとき、「しまった、先を越された！」と思ったのである。しかし、本書を読み進めるうちに、次第に悔しい思いが消滅していった。実に面白かったからである。電気が止まった社会を驚くほど精緻に描き出している。世界停電となった社会の予想の正否については、私には判断できないが、「そうか、そうなるのか！」と著者の予測に何度も感嘆した。きわめつけはラブロマンスだ。単なるＳＦではなく、人間の心理をも生き生きと描き出した見事な小説となっている。読了したとき、感動で胸がいっぱいだった。「これは私には書けない」とあっさり負けを認めた次第である。

本書で語られている太陽フレアや磁気嵐に関する解説は驚くほど正確である。最新の太陽フレアや磁気嵐の研究成果をよく学んで正確にわかりやすく書いている。

さて、ここで解説を終わらせてしまったら、太陽フレアの専門家が解説を書く意味がほとんどなくなるので、フレアとかスーパーフレアとはどんな現象か、ということを以下でもう少し詳しく説明しておこう。

フレアとは太陽面の黒点の近傍で発生する爆発現象のことである。近年の観測技術の発展により、太陽は爆発だらけであることが判明した。一九九一年に打ち上げられた我が国の「ようこう」衛星は、太陽コロナのX線の十年間にわたる連続観測に成功し、フレアの発生メカニズムが「磁気リコネクション（磁力線つなぎかえ）」と呼ばれる物理機構であること、太陽コロナが爆発だらけであること、などを明らかにした。太陽は我々にとって危険な放射線であるX線を大量に放出しているのだ。幸い我々は地球の厚い大気で守られているので、太陽のX線を被ばくすることはない。しかし宇宙飛行士は大気の外にいるので、常にX線被ばくの恐れがある。

フレアが起こると強いX線が放射されるだけでなく、大量の放射線粒子（高エネルギー陽子など）や高速プラズマ流（コロナ質量放出、CMEとも言う）が噴出する。これらが地球に到達すると、人工衛星が故障したり、磁気圏が影響を受けて磁気嵐が発生し、地上で停電や通信障害が起きたりする。磁気嵐が起きると、アラスカや北欧の夜空には、美しいオーロラが発生する。このときオーロラが光る超高層大気中には大電流が流れる。これが電磁誘導の法則によって地上の電線に大電流を誘起し、変電所の変圧器をこわしたりする。そのために電気が送れなくなって町全体が停電になるのだ。一九八九年三月に起きた大フレアにともなう磁気嵐は巨大なもので、カナダのケベック州で大停電を引き起こした。このとき六百万人が九時間電気が使えない状態になったという。カナダ・米国の被害額は少なく見積もっても総額数百億円に達した。

現代文明が発展すればするほど、太陽フレアの影響（総称して、太陽嵐）に対して文明社会は脆弱になりつつある。被害を最小限にするためには、太陽嵐や磁気嵐を事前に予測することが必要である。宇宙飛行士の放射線被ばく事故だけは絶対防がなければならない。このような予測のことを宇宙天気予報と呼んでおり、現在、全世界の緊急の課題となっている。

本書でも出てきたスーパーフレアとは、現在太陽で観測されている最大級のフレアの十倍以上のエネルギーを放出する超巨大フレアのことをいう。そんなスーパーフレアが、太陽で起きる可能性はあるのか？　頻度はどれくらいか？

そもそも、太陽フレアはどれくらいの頻度で発生しているのか？　調べると、フレアのエネルギーが十倍になると、発生頻度が大体十分の一になることがわかった。興味深いことに、この法則は、地震の発生頻度に関する統計と似ている。

宇宙飛行士が船外活動しているときに、十年に一回の大フレアが起きたら四シーベルトの放射線を浴びる可能性があるという。これは致死量の放射線だ。一万年〜十万年に一回のスーパーフレア（最大級のフレアの一万倍程度）が起きたら、地上でも放射線障害を起こす程度の量の放射線がやってくるかもしれない。これはこわい話だ。しかし、太陽は誕生以来四十六億年も経っていて、活動はかなり弱くなっており、スーパーフレアが起こることはないだろうと、数年前までは、たかをくくっていた。

ところが最近、私が所属する京都大学のグループによって、太陽系外惑星探査衛星ケプラーの観測から、太陽とよく似た星（太陽型星）で最大級の太陽フレアの百〜千倍のエネルギーのスーパーフレアが大量に発見された。太陽とよく似た星で起きているということは、太陽でも起きるかもしれない！

発見のいきさつを少し書いておこう。ケプラー衛星が常時観測している星の数は十六万星もある。そのうち、太陽型星に限っても八万星もある。観測データは三十分ごとに一回取得され、数か月間の連続観測データが公開されていた。膨大な量である。それを解析するには人手が必要なので、京大一回生向けの物理の講義で「誰か研究を手伝ってくれませんか？　どうせ、みなさんヒマでしょ？」と募ったら五人の意欲ある学生が集まり、共同研究が始まった。これまで太陽や太陽とよく似た星ではスーパーフレアは起きない、というのが天文学者の常識だったので、誰もスーパーフレアを真剣に探そうとしていなかったが、学生諸君は「天文学者の常識」に毒されていなかったので、真剣に探し始めた。そうしたら、驚くべきことに、続々とスーパーフレアが見つかり始め、最終的に百四十八の星で三百六十五回のスーパーフレアが見つかった（二〇一二年の時点）。統計を詳しく調べると、スーパーフレアの発生頻度の統計は太陽フレアの統計とよく似ており、最大級の太陽フレアの百倍〜千倍のスーパーフレアは、八百年〜五千年に一回の頻度で発生することがわかった。この発見の論文（前原裕之ほか）は、二〇一二年の〈Nature〉誌に掲載された。

千倍程度のスーパーフレアでは地上で放射線被ばく死する心配はないが、航空機に乗っていると致死量の放射線を浴びる可能性があるし、全地球規模の停電や通信障害、ＩＴシステムの崩壊が起こるかもしれない。文明にとっては大災害となろう。したがって、太陽フレア対策、なかでもスーパーフレア対策は緊急の課題である。特に日本はオーロラが見えない国なので、これまでほとんど被害がなかった。それでフレア対策は全くされてこなかった。これは危険だ……（詳しくは、柴田一成著『太陽 大異変 スーパーフレアが地球を襲う日』朝日新書、二〇一三年、参照のこと）。

実は私がSFに書きたかったのはこのようなメッセージである。驚くべきことに、本書にはそのメッセージとほとんど同じ内容が、本書の一四三〜一四四ページに出てくる。それをここで再録しておこう。

「俺は今、太陽嵐で人類文明が崩壊するかも？　なんてPV狙いのタイトルで、あの記事を面白おかしく書いたことを後悔してるよ。もしACE衛星の警報から一時間以内に発電所を強制停電させて、変電所まで電流が流れない状態にできれば、CMEの被害はずっと少なく済んでいたかもしれないんだ」

「そうなんですか？」

「結局現実には、政治家にも技術者にもそんな決断はできなかった。まあ、兆の金が吹っ飛ぶ決断だ。無理もない気もするがな」

社長は窓から見える夕暮れの東京の、明かりがほとんどないビル街を見ながら話を続ける。

「だが結果として、止めた場合とは比較にならないほどのひどい被害が出た。俺の記事で事前にもっと地に足がついた警告が発せられたら。社会の気構えと準備がちゃんとできていれば東京もこんな有様にならないで済んだかもしれない、と思うとな」
「別に社長のせいってわけではないでしょう」
「正確な知識を持った者には、それを伝える責任があると思うんだよ。あの記事ではこんなことを書いた。今後十年の間に巨大太陽嵐に襲われる確率は十二パーセント。八発弾を撃てば一回は当たるロシアンルーレットだ。……それでも、当たらないと思ってしまうんだよな。人間は」

それにしても、本書の著者の伊藤瑞彦氏の博識ぶりには驚くばかりだ。伊藤氏には、いつかぜひ本書が示した想像力の先を書いていただきたいと思う。今度はスーパーフレアが起きて終わりかけた世界の惨状について……もちろん、本当に世界が終わらないようにするための警告の書として。

本書は、第五回ハヤカワSFコンテスト最終候補作『赤いオーロラの街で』を、加筆修正したものです。

著者略歴　1975年東京都生，Webデザイナー，ITエンジニア，作家　『赤いオーロラの街で』で第5回ハヤカワＳＦコンテスト最終候補

HM=Hayakawa Mystery
SF=Science Fiction
JA=Japanese Author
NV=Novel
NF=Nonfiction
FT=Fantasy

赤《あか》いオーロラの街《まち》で

〈JA1310〉

二〇一七年十二月　二十日　印刷
二〇一七年十二月二十五日　発行
（定価はカバーに表示してあります）

著　者　伊《い》藤《とう》瑞《みず》彦《ひこ》
発行者　早川　浩
印刷者　草刈明代
発行所　株式会社　早川書房

郵便番号　一〇一 - 〇〇四六
東京都千代田区神田多町二ノ二
電話　〇三 - 三二五二 - 三一一一（大代表）
振替　〇〇一六〇 - 三 - 四七七九九
http://www.hayakawa-online.co.jp

乱丁・落丁本は小社制作部宛お送り下さい。
送料小社負担にてお取りかえいたします。

印刷・中央精版印刷株式会社　製本・株式会社フォーネット社

ISBN978-4-15-031310-4 C0193

本書は活字が大きく読みやすい〈トールサイズ〉です。